Edition SALVE

Entsprechend der Richtlinien der SALVE-Edition sowie in Abstimmung mit
dem Autor wurden alle Textteile des vorliegenden Publikation
in der vor 1996 geltenden deutschen Rechtschreibung erfaßt.

Bibliografische Information der Deutschen Nationalbibliothek
Die Deutsche Nationalbibliothek verzeichnet diese Publikation in der Deutschen
Nationalbibliografie; detaillierte bibliografische Daten sind im Internet über
http://dnb.d-nb.de abrufbar.

1. Auflage 2021
Printed in Poland
Alle Rechte beim Autor

Layout: Andreas H. Buchwald
Einbandzeichnung: Götz Wiedenroth
Druck und Bindung: Bookpress Olsztyn
ISBN 978-3-942469-97-5

www.andrebuchverlag.de

Andreas Cotterell

Ich leugne, also bin ich

Corona-Tagebücher

Edition SALVE

Meinem Weibe
Antje Maria

INHALT

Vorwort 9

Ich leugne, also bin ich
   Tagebücher Januar–April 2021 13
     Fünf Hindernisse und vier Wege 15
     Der Coronaleugner 43
     Impfungen 47
     Verschwörungsleugner 60
     Shi Heng Yi und die 8 Energiekörper 63
     Nachtreten gegen einen Toten 76
     Gewahrsein 80
     Der spirituelle Aspekt der Coronakrankheit 112

Die Geschichte, wie die Panik begann
   Tagebücher März–Mai 2020 121

Anhänge
   Nachtrag vom 31.5.2021 157
   „Leugner" als Geusenwort 161
   Glossar 164
   Zu meiner Person 168

VORWORT

„Du mußt das alles aufschreiben!" Das war der Wunsch meiner Frau, als die ganze Coronageschichte losging, und ein Stück weit habe ich ihm entsprochen. Aufgeschrieben, was mir auf der Zunge lag, was mir wichtig war, zu sagen.

Das vorliegende Buch besteht aus diesen Texten. Es sind Tagebücher, auch wenn sie mehr von meinen Gedanken als meinen Tagen handeln. Sie geben das wieder, was ich an dem bewußten Tag jeweils in meiner Situation gedacht habe. Alle Aussagen sind auf diese Weise situativ entstanden und erfüllen weder wissenschaftliche Kriterien, noch den Anspruch einer abschließenden Beurteilung.

Die Tagebücher sind als Zeitdokument dieser Tage gedacht, die in Momentaufnahmen meine Irrtümer ebenso dokumentieren wie meine Erkenntnisse. Einiges müßte besser erläutert werden, anders, im Lichte der seitdem gemachten Erfahrungen sowieso. Dies erklärt den vorläufigen Charakter der Skizzen, die nicht beweisen, sondern Beweisstück sind, Beweisstück eines Denkens, das in der neuen Zeit der Geschichte angehören wird, weil es dann vergangen ist. Die Welt, aus der wir kommen, wird es nicht mehr geben. Die Welt, die sein wird, wird von unseren Gedanken und Vorstellungen wenig wissen. Die Menschen vergessen schnell und gewöhnen sich schneller. Diesen Moment der Wandlung zu dokumentieren also, legte ich dieses Beweisstück an. Es ist so subjektiv wie nur möglich.

Andreas Cotterell *Passentin, 6. Juni 2021*

ICH LEUGNE, ALSO BIN ICH

Tagebücher Januar–April 2021

6. Januar

Es ist Mittwoch. Um 7.41 Uhr wache ich im ersten Tagesdämmerlicht auf. Wären die Schulen nicht geschlossen, säße ich schon im Auto, um die Kinder zu fahren. Natürlich ist es gemütlicher, morgens erst noch ausschlafen zu können. Die Coronabeschränkungen haben viel Gutes. Endlich ist Zeit zu Hause für all das, was man schon immer tun wollte. Die Ordnung halten, die Übungen machen. Wir haben neue *QiGong*-Übungen übers Internet entdeckt, von einem *Shaolin Center* in der Pfalz. Jetzt üben wir täglich so, wie wir es bei Tobias auf dem Handy gesehen haben: Den Himmel stemmen, den Bogen spannen, Himmel und Erde spalten, weise Eule schaut nach hinten, der große Bär streckt sich, Körper biegen, Boxen und grimmig schauen, Körper strecken.*

Zur Zeit läuft das so:

Um zehn Uhr sind wir zum Frühstück verabredet, danach wird das getan, was zu tun ist, für die Kinder sind das insbesondere die Hausaufgaben, die übers Internet hereinkommen, für Antje und mich bleibt Hausarbeit, Büroarbeit, und – natürlich – üben. Bewegen, meditieren, musizieren.

Gerade heute wurde der Lockdown wieder verschärft und verlängert. Die Kinder gehen diesen Monat nicht zur Schule, und das ist immerhin mal eine planbare Ansage. Dieses *homeschooling* ist gar nicht so schlecht. Natürlich fehlen die Rückmeldungen, und man ist

---

* Übungshinweise siehe Glossar (Anhänge).

ein wenig allein gelassen, weiß nicht, inwieweit das eigene Pensum ausreichend ist, aber was soll's! Wenn Ferdinand am Ende die Klasse wiederholen muß, ist das auch nicht so schlimm. Immerhin lernt er jetzt erst mal, überhaupt eigenständig zu arbeiten, und damit sind wir's dann schon zufrieden.

Die Kinder bleiben, wenn es nach ihnen geht, fast den ganzen Tag im Zimmer und beschäftigen sich mit sich und ihren Bildschirmen. Und, wie es so geht: In den Weihnachtsferien hatten wir alle Zügel schleifen lassen, und dann war das so, daß sie in der Nacht nicht zur Ruhe kamen und morgens nicht aufstanden. Ferdinand, schon ganz Jugendlicher, schlief auch schon mal bis halb fünf am Nachmittag. Dann war es dunkel, wenn er aufstand, und er wußte nicht, welcher Tag überhaupt war, weil die Tage ungenutzt vorüberzogen.

Deswegen gibt es jetzt Frühstück um zehn. Hinreichend spät, um auszuschlafen, zeitig genug, um am Tag noch etwas zu schaffen.

So suchen wir uns unseren eigenen Rhythmus zusammen und fahren auch ganz gut damit. Gegen zwei oder halb drei gibt es Mittag, danach gehen Antje und ich raus spazieren, zu zweit oder jeder für sich, und dann im Wald stehen und das *Baduan Jin* machen.

Der Wald ist schön, auch um diese Jahreszeit. Die Farbe ist zwar aus der Welt gewichen, aber sie hängt noch im Himmel, wenn die Sonne scheint, und unten auf der Erde ist es jetzt klarer geworden, man sieht wieder alles, geht Wege, die im Sommer zugewachsen waren, kommt überall durch. So hat jeder Monat seine Möglichkeiten und Chancen. Heute schneit es wieder, das zweite Mal Schnee in diesem Winter, und ein wenig bleibt auch liegen. Vielleicht gibt es eine wunderschöne Winterzauberlandschaft die nächsten Tage, das würde der Seele gut tun.

8. Januar

FÜNF HINDERNISSE UND VIER WEGE

Gestern wachte ich mit unglaublichen Schmerzen rechts im Lendenwirbelbereich auf. Es ist genau die Gegend, die ich in den letzten Tagen immer wieder versucht habe zu lockern, weil ich gemerkt hatte, daß ich diesen Bereich noch nicht spüren kann. Jetzt habe ich also den Salat. Ein Wirbel ändert seine Position, und alles muß sich umsortieren, und der ganze versteckte Schmerz, den ich irgendwann einmal in der Fehlstellung eingeschlossen hatte, bricht jetzt mit Macht hervor. Nun gut, da muß ich durch. Der Tag gestern jedenfalls war schwierig, weil ich keine Position fand, in der ich mich gut aushalten konnte. Ich hatte Tobias besucht (einer der Kontakte, die von der Regierung nun „empfohlen" sind zu unterlassen, aber nicht verboten), und dort haben wir Videos von Shi Heng Yi geguckt. Das hat ganz gut abgelenkt.

Shi spricht davon, daß es einen Berg gibt, den Du hinaufklettern willst. Niemand kann Dir sagen, welcher Weg der beste ist, oder was Du da oben siehst. Das mußt Du selber herausfinden. Aber es gibt fünf Hindernisse, das sind folgende:

Erstens, die Sehnsucht nach angenehmen Empfindungen, die *sensual desire*, Essen, Trinken, Sex und so etwas. Wenn Du Deine Entscheidungen nach ihnen ausrichtest, bist Du vom Weg abgekommen und gelangst nicht mehr zum Gipfel.

Zweitens, der *ill will*. Das Dagegensein, das Nichtmögen der Umstände, wie sie sind, die Abneigung gegen Regen, gegen Leute, der Neid, die Mißgunst, die morbide Freude am Unglück anderer.

Drittens gibt es *sloth* and *torpor*, das sind die Faulheit des Körpers und die Faulheit des Geistes. Lustlosigkeit, Depression, vielleicht auch das Gefühl, man wüßte schon alles. Wenn auf diese Weise die Motivation verschwindet, bringt Dich nichts mehr auf den

Berg. Du bist wie in einer Zelle eingeschlossen und kommst nicht weiter.

Viertens, die Unruhe des Geistes. Ein Geist, der keine Ruhe kennt, kann nicht sagen, wohin er will und woher er kommt. Der Affengeist springt von einem Ast zum nächsten und ist gefangen in seiner eigenen Betriebsamkeit. Auch er kommt nicht heraus. Der Geist braucht einen Ruhepunkt, von dem aus er in die Welt gukken kann, um zu sehen, woher er kommt und wohin er will, und von dem aus er sich selbst beobachten kann, um zu wissen, wie sein Zustand ist und was er als nächstes braucht.

Fünftens, die Unentschlossenheit, der Zweifel, der einen immer wieder vom eingeschlagenen Weg abbringt.

Zur Überwindung der fünf Hindernisse gibt es einen Weg aus vier Schritten: *Know your thoughts, accept your thoughts, change your thoughts and stop identification.* (Erkenne deine Gedanken, akzeptiere deine Gedanken, ändere die Gedanken, die du ändern willst, und höre auf, dich zu identifizieren.)

Das heißt, um die fünf Hindernisse zu überwinden, muß ich meine Gedanken erstmal kennenlernen. Ich muß mich beobachten, um festzustellen: So und so bin ich, aus den und den Motiven handle ich, das und das steht mir immer wieder im Wege, das und das sind die Mittel, die ich habe. Eine ehrliche Bestandsaufnahme zeigt uns unsere Dämonen, und oft ist es ganz erschreckend, aus wie vielen niederen Motiven unsere Handlungen zusammengesetzt sind, und was wir alles tun, um uns vor unserer wahren Aufgabe zu drücken.

Deshalb ist der zweite Schritt so wichtig, die Akzeptanz. Es kann nicht darum gehen, zu verurteilen, was wir alles falsch machen. Es geht darum, zu verstehen, wie wir es machen, denn der Weg, den wir eingeschlagen haben, ist, wie er ist, er ist unser Weg.

Das führt zum dritten Schritt, denn auch wenn wir akzeptieren, wie wir sind, heißt das nicht, daß wir so bleiben müssen, im Gegenteil: Die Akzeptanz des Bestehenden ist die Voraussetzung für die

Änderung. Ich kann nur das ändern, von dem ich weiß, nicht aber das, worüber ich mir Illusionen mache. Die Änderung beruht dabei auf folgender Überlegung: Wohin führt mich mein Weg, wenn ich mich nicht ändere, und was kann ich erreichen, wenn ich es tue. Es ist also eine Kosten-Nutzen-Rechnung. Aber nach jeder richtigen Rechnung kommt das gleiche Ergebnis heraus: Will ich mich verbessern, muß ich üben.

Der vierte Schritt ist etwas anders: Das ist die Haltung der Nicht-Identifikation, womit gemeint ist, zu verstehen, daß ich nicht meine Emotionen bin, nicht meine Gedanken und nicht mein Körper. Das alles sind Aspekte von mir, aber ich bin nicht identisch mit ihnen. Erst durch Nicht-Identifikation schaffe ich es, die Fallen zu umgehen, die Geist, Seele und Körper auswerfen, die Trägheit, die Unruhe, das Verlangen, den Zweifel, das schlechte Denken. Denn wenn ich mich nicht identifiziere, dann muß ich dem allem nicht nachgeben. Ich habe Hunger, aber ich muß nichts essen. Es regnet, aber ich muß das nicht schlecht finden. Ich habe keine Lust, aber kann trotzdem weitermachen. Ich bin rastlos und zweifle und lasse mich trotzdem nicht von meinem Weg abbringen. Und auf diese Weise ersteige ich den Berg und werde frei.

Was all das mit Corona zu tun hat? Immerhin gibt es jetzt mehr Zeit, sich mit diesen Dingen zu beschäftigen. Der Lockdown ist ein großer Segen. Dabei machen sie jetzt weiter, und es gibt neue, nie dagewesene Einschränkungen: nächtliche oder sogar abendliche Ausgangssperren von 20 bis 6 Uhr, ein Bewegungsradius von 15 Kilometern. Ich wäre empört, wenn es mich stören würde. Aber noch immer gibt es dieses Denken: Ja, endlich einmal zur Ruhe kommen, endlich stehen einmal alle Räder still!

9. Januar

Hier, in der Mecklenburgischen Seenplatte, haben wir jetzt Ausgangssperren, was heißt, daß wir nach 20 Uhr nicht mehr das Grundstück verlassen dürfen. Einen Lockdown haben wir aber immer noch nicht. Die Verwaltung arbeitet weiter wie bisher, auch die ganzen Wirtschaftsbetriebe; geschlossen ist nur, was der Erholung und der Bildung von Menschen dient, der gesamte Freizeitbereich. Aber gearbeitet werden darf, in den allermeisten Fällen zumindest. Wir haben jetzt auch einen Kreis von 15 Kilometern um uns herum, den wir nicht verlassen dürfen. Was diese Maßnahme bringt? Vor allem sehen wir, welche Macht der Staat hat. Honecker durfte von solchen Maßnahmen nur träumen.

Nüchtern betrachtet stellt sich das mit der 15-km-Regel so dar: Die soll ja nun sein, damit wir unsere Bewegungen einschränken und weniger Kontakte haben. Im Radio hörte ich, daß 20 Prozent unserer Bewegungen davon betroffen sind, weil sie uns aus diesem Radius herausführen. Nun ist es ja aber nicht so, daß diese Maßnahme zu einer zwanzigprozentigen Abnahme der Bewegungen führt. Denn die meisten derer, die aus dem 15-km-Radius herausfahren, tun das ja, weil sie es aus beruflichen Gründen tun müssen. Und die müssen das nach wie vor. So stellt sich heraus, daß die Regel allein zu dem Zweck gut ist, private Kontakte zu verhindern.

Es tut mir leid, wenn ich dafür kein Verständnis habe, denn nach allem, was man über das Virus weiß, geht es von Mensch zu Mensch über, und zwar ganz unabhängig davon, ob der Kontakt privater oder beruflicher Natur ist. Also, wenn man schon der Meinung ist, daß Virus sei so gefährlich, daß wir uns um jeden Preis davor zu schützen haben, dann sollte man doch in Erwägung ziehen, für alle die gleichen Regeln aufzustellen, jeden unnötigen Kontakt zu vermeiden und nur noch diejenigen arbeiten zu lassen, die (nicht systemrelevant, jeder Mensch ist systemrelevant!) überlebensnotwendige Arbeit tun. Das sind diejenigen, die die unmittelbaren Versorgungsleistungen erbringen, alle anderen nicht. Keine Gerichte, keine Verwaltungen, kein Baugewerbe und keine Autofabriken.

Die Buchläden sind geschlossen, aber *Amazon* ist geöffnet. Ja, arbeiten denn bei *Amazon* keine Menschen, die sich untereinander anstecken können? Warum darf *Amazon* arbeiten, aber der Buchhändler nicht? Die Überlegung liegt doch auf der Hand, daß das nicht im Infektionsgeschehen begründet ist, sondern im Lobbyismus derer, die sowieso schon zuviel Macht haben.

Warum ist es wichtig, daß ein wasserrechtliches Gutachten erstellt werden kann, aber nicht, daß ein Kind Musikunterricht bekommt?

10. Januar

Antje hat gegen die Ausgangsbeschränkungen verstoßen.

Sie war gestern abend noch einmal zum See gefahren. Am Nachmittag hatte sie es nicht geschafft, raus zu gehen, also fuhr sie gegen sechs los, und kam – unerhört! – erst um 20.24 Uhr zurück. Also fuhr sie durch das Dorf Lapitz, froh, nicht angehalten worden zu sein, und fuhr dann noch durch das Dorf Passentin, immer Ausschau haltend, ob jemand sie kontrollieren wollte. Auf unserem Weg entspannte sich dann die Lage.

Nun, dieses kleine Ereignis ist aus heutiger Sicht etwas absurd. Abends zu Hause sein zu müssen, ist nichts, was wir irgendwie gewohnt sind, einzuhalten. Das ist eine interne Familienangelegenheit. Wenn die Frau mit dem Nudelholz sagt (kreischender Tonfall, unmitleidiges Wesen) „Du kommst aber nicht nach zehn zurück!", dann ist man besser nicht nach zehn zurück, aber mittlerweile sind Antje und ich sowieso weit hinter dem Punkt, uns gegenseitig Vorschriften zu machen, man verhält sich eh vernünftig und weiß, daß der andere das ebenso macht. Und wenn sie abends noch an den See will, ja warum nicht, das ist schön am Abend, wenn kein Wind geht und die Stille der Nacht sich auf die Welt gelegt hat. Aber jetzt dürfen wir das nicht mehr. Nicht nach acht.

Und es ist ein wenig fraglich, wie diese Notiz gelesen wird, wenn erst ein paar Jahre vergangen sind. Wird es noch nachvollziehbar sein, daß eine Ausgangsbeschränkung befremdlich wirkte, oder wird man sich wundern, wie unbekümmert dagegen verstoßen wurde? Wird man sich so an Ausgangsbeschränkungen gewöhnt haben, daß man sich gar nicht mehr fragt, wann das angefangen hat?

Nun, bei uns hat es jetzt angefangen. Wir sind Anfang Januar im halben Lockdown, die Fallzahlen steigen, die Krankenhäuser sind nicht überlastet, und wer nicht gerade in Schulen, Freizeiteinrichtungen oder im Nichtlebensmitteleinzelhandel beschäftigt ist, der hat nach wie vor zu arbeiten. Aber am Abend noch einmal eine halbe Stunde am See sitzen zur Entspannung, das ist verboten.

Wir empören uns, wir wundern uns, aber wir freuen uns auch. Denn die häusliche Ruhe, die nun bei uns einkehrt, ist ein ganz wunderbares Geschenk. Den eigenen Rhythmus finden, das tun, was man selber tun will, ohne Termindruck und Vorhaben, das zeigt uns auch, was wir alles verloren haben, als wir uns auf dies moderne Leben einließen, mit seiner Automobilität, mit seinen Möglichkeiten. All das ist, um es mit den Worten des Predigers zu sagen, nichts als Eitelkeit und Verwirrung*. Nein, jetzt erst kommen wir dazu, das Leben zu führen, das wir immer führen wollten. Corona sei Dank.

11. Januar

Ich habe mit meiner Mutter telefoniert.

„Wann kommt ihr denn?" fragt sie, als ob nichts wäre.

* Vgl. *Altes Testament*, Kohelet (Buch des Predigers) 1, 14.

Ja, es gab den Plan, Ferdinand während des Lockdowns nach Quickborn zu schicken, daß er da seine Aufgaben machen kann und bei Oma und Onkel ist, aber seitdem hat sich doch einiges getan, mit Ausgangssperren und so.

Ich sag' also: „Es ist jetzt nicht die Zeit, mal eben im Auto dreihundert Kilometer zu fahren, wir sollen die Füße stillhalten und endlich einmal zu Hause bleiben, das tut uns gut, das ist dran, das ist das Gebot der Stunde."

„Aber es ist doch wichtig, seine Familie zu sehen. Es ist ja richtig, sich an die Maßnahmen zu halten, aber mit Augenmaß!"

Ich sag': „Wenn es jetzt dringend wichtig wäre, daß wir uns sehen, weil es dir plötzlich schlecht geht oder sonst etwas ist, dann würde ich mich natürlich auf den Weg machen, ob ich nun darf oder nicht. Aber wir haben uns eh letzten Monat gesehen, alles ist gut, wir müssen jetzt nichts übers Knie brechen. Lieber können wir einmal öfter telefonieren."

Nun ist ja meine Mutter weit davon entfernt, die Maßnahmen grundsätzlich in Frage zu stellen. Sie findet sie sicherlich übertrieben, aber vermutet weder eine Schattenagenda dahinter noch irgendein anderes Motiv, als die lauterste Absicht, Menschenleben zu schützen. Sie selber sagt auch von sich, daß sie auf keinen Fall an Corona erkranken möchte. Aber ihre Umtriebigkeit spricht eine andere Sprache: Gerade sind Torsten und Beate bei ihr zu Besuch, nächste Woche wollte sie fast schon in die Schweiz fahren, private Friseurtermine werden organisiert, kurz, sie läßt sich von den Verordnungen das Leben nicht verbieten.

Ich denke, das ist normal. Menschen sind daran gewöhnt, die Nachrichten, die sie tagtäglich hören, nicht auf sich zu beziehen. Die Klimakatastrophe trifft immer die anderen, Terroranschläge treffen immer die anderen, ob die Regierung wechselt oder wiedergewählt wird, hat keine Auswirkungen auf irgendeinen Aspekt des Lebens, und die Coronamaßnahmen treffen die ganze Welt und die Wirtschaft, aber den Einzelnen in seiner Bequemlichkeit doch eigentlich nicht. Und wenn, dann erinnert er sich schon nach zwei Tagen nicht mehr daran, wie es einmal anders gewesen ist. Man weicht aus, solange es irgend möglich ist. Das ist menschlich, allzumal in einer Gesellschaft, für die es normal ist, moralische Verantwortungen nicht zu kennen.

Natürlich kann sich das Virus so nahezu ungehindert weiter ausbreiten. Die meisten Menschen arbeiten noch, und man sieht sich, auch privat, natürlich. Die freiwillige Selbstisolation ist ein gewaltiger Eingriff in das Leben der von gegenseitiger Bestätigung abhängigen Menschen, und sie klammern sich an jeden Strohhalm, diese Situation zu vermeiden.

In den sozialen Netzwerken wird dieses Verhalten aber nun den Querdenkern zugeordnet und ihnen die ganze Schuld aufgebürdet, warum das Virus sich immer weiter verbreitet. Offener Haß zeigt sich gegen abweichende Meinungen, als wäre es die Meinung, die die Verbreitung des Virus begünstigt. Als hätte das bockige Dagegensein auch nur annähernd die Ausmaße des gedankenlosen Ignorierens.

13. Januar

So langsam klären sich meine Computerdateien. Ich durchforste all die archivierten Belege früheren Schaffens und Tuns und teile sie auf Ordner auf, die, so hoffe ich, eine bessere Wiederauffindbarkeit und Übersicht ermöglichen. Ich hatte das schon lange vorgehabt. Da sind die aufgenommenen Lieder, von denen einige ja sehr hübsch sind, andere im Nachhinein aber nicht sorgfältig genug gemacht wurden oder aussagelos wirken.

Dann die Texte, mit all ihren Versionen, gekürzt, ergänzt, korrigiert, und oft nicht zum Guten, so daß die Originalabschrift zum wertvollen Urtext wird.

Das Büro, dessen Aufräumen sowieso eine Daueraufgabe ist – kaum schaffe ich es, überhaupt auf dem Stand meiner Abrechnungen zu sein, geschweige denn, die einschlägigen Formulare und Adressen klar zugeordnet vorzuhalten. Und die Fotos, diese unendliche Bilderflut, in der nichts zu finden ist, wenn man es mal braucht.

Zeit ist jetzt dafür. Wie auch für die Spaziergänge. Das Leben im Lockdown ist angenehm, menschlicher, vernünftiger, maßvoller. Nur manchmal kommt das Gefühl auf, nichts richtiges zu tun zu haben. Die Ordnung der alten Sachen zu haben, ist gut, aber es sind die alten Sachen. Und was ist neu?

Ich schreibe wieder jeden Tag meine Seite, ich übe an der Harfe, aber ich gucke nicht über meinen Horizont hinaus. Und früher oder später wird das wichtig werden. Man ist als Mensch nicht selbstgenügsam zu Hause zufrieden, man will in die Welt eingreifen, tätig sein, etwas schaffen.

15. Januar

Das letzte Mal war ich so frei, als ich als junger ungebundener Mann das Studium geschmissen hatte und fortan darauf setzte, mit wenig Geld das Leben zu genießen, anstatt an einer Karriere zu basteln. Ich wollte wohl irgendwas mit Musik machen, um reich und berühmt zu werden, ließ es aber nicht nur am notwendigen Fleiß fehlen, sondern vor allem auch an der Umtriebigkeit, Jobs und Mucken an Land zu ziehen, begünstigt durch den Umstand, daß ein kleines privates Grundeinkommen mir die existenziellsten Sorgen vom Leibe hielt. Dennoch hielt der paradiesische Zustand des pflichtlosen Lebens nicht lange an, der genaugenommen so paradiesisch nicht war: Wenn ich auch den ganzen Tag lang tun und lassen konnte, was ich wollte, war es durchaus schwierig, sich während dieser Zeit auszudenken, was ich denn nun wollte, und sich nutzbringend zu beschäftigen. Ich hätte wohl Gitarrenvirtuose werden können, aber den ganzen Tag üben mochte ich auch nicht. So war ich froh und dankbar über den einen Job, den ich mittwochs, zwei Dörfer und zehn Kilometer von meiner Dorf-WG entfernt, anfing.

Ich machte Musik mit Behinderten. Das hatte ich schon immer mal gemacht, das gehörte zu meinen Kernkompetenzen. Als Nebeneffekt war nun meine Woche durchstrukturiert. Alles, was ich tat, organisierte sich im Hinblick auf die eine Stunde am Mittwoch, an der ich zu arbeiten hatte. Der paradiesische Zustand war vorbei, und ich ging wieder zurück ins Leben.

Später kamen neue Verpflichtungen hinzu, mehr Jobs, mehr Verantwortung, und schließlich auch Frau und Kinder. Seitdem dachte ich mit etwas Wehmut an die Zeit zurück, in der ich tun und lassen konnte, was ich wollte, wenn auch die Wehmut gemildert wurde durch das Wissen, daß ich im Nichtstun nicht glücklich gewesen war.

Heute bin ich wesentlich weiter. Die Abwesenheit der Termine führt nicht mehr zu einer Abwesenheit von Struktur, sondern zu der Freiheit, die eigene Struktur zu finden. Ich stehe meist zwischen halb acht und acht auf, wenn es langsam hell wird, trinke gemütlich einen Kaffee und setze mich dann an den Computer, um etwas zu schreiben oder zu bearbeiten.

Um zehn sind wir zum gemeinsamen Frühstück verabredet, danach ist Hausarbeit dran, darunter: die Aufgaben der Kinder kontrollieren, gegebenenfalls helfen, oft nach einer gemeinsamen Meditation. Das geht dann so bis zwei, dann wird Mittagessen gekocht, und am Nachmittag, also ab drei, geht es raus für einen Spaziergang mit *QiGong*. Am Abend ist dann noch Zeit für die Familie: ein kleines Spiel, malen, ein gemeinsamer Film, später nehme ich mir die Harfe vor und Antje macht noch Übungen dazu.

Dieser Ablauf ist für uns ganz praktikabel und vernünftig. Allerdings kommen wir abends oft nicht gut ins Bett, dann dauert es bis zwölf oder zwei, bis wir endlich einschlafen, was dafür spricht, daß wir letztlich nicht genug tun, so daß wir am Abend nicht ausgelastet sind und befriedigt einschlafen können. Auf Dauer ist nicht zu arbeiten eben auch keine Lösung.

Im Großen und Ganzen, auch wenn nicht alles perfekt ist, ist das doch ein Zustand, den ich jetzt, im Gegensatz zu dem vor 20 Jahren, genießen kann. Dank dem Lockdown. Und die Frage stellt sich erneut: Wozu arbeiten? Es war eine verdammte Chimäre, eine Crux, sich von der gesellschaftlichen Erwartung unter Druck setzen zu lassen, fleißig und erfolgreich sein zu wollen. Ich habe mein Auskommen und sollte nicht mehr tun als das, was auf meinem Herzensweg liegt, ganz unabhängig vom finanziellen Erfolg. Daran erinnert mich der Lockdown, und deswegen bin ich sehr dankbar für diese Zeit.

16. Januar

Ich habe heute einen langen Spaziergang am Tollensesee im Brodaer Holz unternommen, bin durch die vereisten Schneereste gewandert und habe unten am See das *Baduan Yin* geübt, jede Übung dreimal. Zwischendurch kamen andere Spaziergänger mit und ohne Hund. Um halb fünf war ich wieder am Auto in halber Dämmerung. Jeden Tag ist es jetzt ein wenig heller, und mit dem Schnee ist das Jahr auch freundlicher geworden, einladender. Neumond ist drei Tage her, gesehen habe ich ihn noch nicht.

Der Mond geht, wenn er voll ist, am Abend gegen sechs auf, wenn er halb am Abnehmen ist, um zwölf in der Nacht, als Neumond gegen sechs in der Früh, und der Viertelmond ist ab Mittag zu sehen. Dabei gibt es auch eine Schwankung der Mondbahn um den Äquator, so daß er uns mal näher und mal ferner ist. Wenn er nah ist, steht er fast vierzehn Stunden am Himmel, wenn er fern ist, nur noch zehn. Und natürlich geht er wie die Sonne im Osten auf und im Westen unter. Das hat nichts mit seiner Bahn zu tun, sondern mit unserer Bewegung, immer hin nach Osten. Wie in einem gigantischen Auto sitzen wir auf der Erde und brausen im Weltall um uns herum, immer nach Osten, und unter dem Himmelsausschnitt, den wir gerade sehen, hinweg. Und so kommt es, daß der Himmel über uns nach Westen entschwindet; aber nicht der Himmel zieht nach Westen, wir ziehen nach Osten und lassen im Westen alles hinter uns. Das ist die Himmelsmechanik, und erst in diesen Jahren fing ich an, das zu verstehen. Dabei weiß ich immer nicht: Wenn ich nun vor Jahr und Tag noch nicht wußte, daß der Vollmond am Abend aufgeht, der Neumond aber am Morgen, bin ich dann der Einzige, der das nicht mitgekriegt hat, und für alle anderen ist das ganz klares Allgemeinwissen, oder weiß tatsächlich kaum einer noch etwas von diesen Dingen? Wie relevant ist der Stand des Mondes für einen im Dauerneonlicht lebenden Stadtmenschen? Ein romantisches Accessoire, ein Science-Fiction-Sehnsuchtsort, mehr nicht?

Ich weiß, daß Menschen träumen, und sie träumen von und mit dem Mond. Als empfindende Seele mag man zuweilen den Eindruck bekommen, allein inmitten von Zombies zu leben, aber in Wahrheit sind es viele Menschen, die ihre Erfahrungen machen wollen, um ihren Sehnsüchten ein kleines Stück näherzukommen. Die sich nach einer Welt sehnen, in der die Menschen gut zueinander sind, und die deswegen auch selber gut zueinander sind. Die in jedem Menschen das Gute sehen, und die lieben. Sicher, das sind nicht alle Menschen. Viele haben auch abgeschlossen mit ihrer Suche, funktionieren so, wie sie sollen und interessieren sich für nichts außerhalb ihres Trottes. Es gibt solche und solche. Und in jedem von uns steckt irgendwo beides, deshalb sollen wir nachsichtig und mitfühlend sein. Wer weiß denn zu sagen, welcher Weg nun der Bessere sei, deiner oder meiner? Deshalb steht es nicht an, zu werten und andere von etwas überzeugen zu wollen. Es geht nur um meine eigene Suche, und deshalb gehe ich in den Wald. Es tut gut, die Luft zwischen den Bäumen zu atmen, die Waldluft, die Ruhe des Sees in sich aufzunehmen, das Farbenspiel des Himmels zu goutieren. Was will der Mensch anderes?

17. Januar

Wir waren zu Michaels Geburtstag eingeladen. Also saßen wir zwei Familien beisammen, schmausten, redeten so über dies und das, feierten, wie man es halt so macht. Zwei Haushalte waren wir, aber mittlerweile ist sogar das schon verboten, nur ein Einzelner von uns hätte besuchen dürfen. Angesichts der Tatsache, daß bei einem Infektionsgeschehen sowieso die ganze Familie angesteckt wird, ist diese Regel natürlich absurd. Und kurz vor neun mußten wir dann wegen der Ausgangssperre wieder nach Hause fahren. Nun, im Grunde genommen ist es ja gut, um neun zu Hause zu sein, dennoch war die Situation demütigend. Das fing schon damit an, daß wir das Auto nicht einfach offen vor dem Haus stehen ließen, sondern es aufs Grundstück fuhren, damit dieses Besuchsindiz nicht gesehen wurde. Dabei haben wir uns nicht schlecht verhalten. Ein Familienbesuch kann nicht illegal oder verwerflich sein. Vielleicht im Lockdown, wo tatsächlich jeder zu Hause sitzt und sich von der Bundeswehr versorgen läßt. Wo keine Gerichte mehr arbeiten und keine Fabriken. Die Leute fuhren zur Arbeit, als ob nichts wäre, und ich sollte Michael nicht zum Geburtstag gratulieren dürfen?

Er hat jetzt übrigens einen Passierschein. Das heißt, er darf sich auch nachts oder jenseits seiner 15 Kilometer aufhalten. Torsten hat ebenfalls einen Passierschein. Er arbeitet bei der Post. Trotzdem darf er nicht nach Sachsen fahren zu Rickys Fünfzigstem.

Aus der Bibel geht hervor, daß man gut daran tut, die Gesetze einzuhalten. Was der König sagt, ist Gesetz. Wenn der König schlecht ist und verdorben, ist das schlecht für das Land, aber es gibt nichts, was man daran ändern kann. Sich mit den Aufrührern und Unruhestiftern zu verbrüdern, ist nämlich auch keine Option. Der Aufruhr kann keine gute Ordnung hervorbringen und wird in aller Regel die Situation verschlechtern. In der Demokratie müßten wir uns noch nicht mal auflehnen, sondern es reichte, zu warten, bis die Wahlen kommen, um dann die unfähigen und korrupten Könige abzuwählen. Leider funktioniert die Demokratie aber so nicht, denn auch hier halten die meisten Menschen zu der Regierung, einfach, weil das der Weg ihres Lebens ist. Sie machen sich nicht selber Gedanken, wie die Dinge sein sollten, sie richten sich nach den Parolen, die ausgegeben werden. Wer Anweisungen ausführt, fühlt kein Böses.

Die Demokratie funktioniert also nicht in dem Sinne, daß in ihr unliebsame Regierungen abgewählt werden könnten, die Regierung kann allenfalls durch die institutionalisierte Opposition ersetzt werden. Auf diese Weise entsteht ein Spiel an der Macht, eine gewisse Unordnung wohl, die aber Kontrolle und Ausgleich schafft, eine Qualitätskontrolle sozusagen. Wenn die Mächtigen Unrecht tun, dann tut das Volk Unrecht mit, anstatt sich aufzulehnen. Die selbständig denkenden 15 Prozent kriegen dann zwar mit, daß das Unrecht herrscht, können aber wenig dagegen tun. Was sie nicht machen können, ist, Aufruhr und Umsturz anzuzetteln. Erstens, weil es nicht funktioniert, und zweitens, weil, auch wenn es funktionieren würde, es zu keinem guten Ende käme. Es gibt nur eine Möglichkeit: Wir müssen Überzeugungsarbeit leisten. Ein guter König hat gute Ratgeber, und zwar nicht einen, sondern viele. Und guten Rat zu befolgen, macht uns zu besseren Menschen.

Wenn auch in diesen Zeiten der gute Rat vernünftiger Menschen nicht gehört wird, ist es doch der einzige Weg, der uns aus unseren Krisen herausführen kann.

18. Januar

Es wird schwerer, den Sinn in der täglichen Beschäftigung wahrzunehmen. Gestern hatte ich erstmals das Gefühl von Langeweile, von nichts zu tun zu haben, von einem Müßiggang, der sich erschöpft hat. Ich habe dann letzten Endes das gesamte *Wohltemperierte Klavier I* durchgespielt und so auch wieder etwas gemacht, was für mich sinnvoll ist, was mich weiterbringt; und der Punkt ist auch noch weit weg, daß ich mich nicht mehr zu beschäftigen wüßte. Alleine mit der Bibelübertragung kann ich Jahre zubringen, und Musikinstrumente sind immer zu üben, sowie die ganzen Übungen des Shi Heng Yi, aber dennoch: Es war dieser Punkt da, wo Langeweile aufkam, das Gefühl der Sinnlosigkeit. Denn alle Beschäftigungen, die wir hier machen können, sind Beschäftigungen mit uns selber, mit dem eigenen Leben. So notwendig und heilsam das ist, endlich die Zeit dafür zu haben, irgendwann fehlt die Arbeit und der Austausch mit der Welt um einen herum. Man kann es genießen, diesen Austausch mal nicht zu haben, man kann es nutzen für sich und als seltene Gelegenheit wertschätzen – es ist als Dauerzustand aber nicht befriedigend.

Wenn man ein Mäuschen wäre und, in einem kleinen Terrarium gefangen, sein Leben fristen müßte, könnte man glücklich und zufrieden sein, weil man alles hat, was man braucht. Oder würde der Gedanke an die fehlende Freiheit die ganze bequeme Sorglosigkeit zunichte machen, so daß nur das Gefängnis übrigbliebe?

19. Januar

Der Morgen beginnt nicht mehr damit, erst mal unter die Dusche zu gehen und sich frisch zu machen. Wozu? Wem soll ich beweisen, daß ich immer frisch und wie aus dem Ei gepellt dastehe? Ich dusche, wenn ich verschwitzt bin und stinke, manchmal nachmittags, wenn der Spaziergang anstrengend war, manchmal morgens nach nächtlichem Sex, ansonsten aber nicht, nicht einfach nur so, nicht, weil man es so tut. Manchmal kommt etwas Öl in die Haare, dann jucken sie nicht so schnell und man kann länger ohne Haarewaschen sein. Wenn man sich zwei Wochen nicht die Haare gewaschen hat, fangen diese an, einen Fettfilm zu bilden, der sie gut und stabil hält. Eigentlich sehen so gesunde Haare aus; das tägliche Duschen ist für sie im Grunde genommen schädlicher Dauerstreß. Also werden sie geölt und gebürstet statt gewaschen; man darf sich ja jetzt vernünftig verhalten und muß nicht die gesellschaftlichen Gepflogenheiten bedienen.

Mit der Kleidung ist es ähnlich. Meine Jeans habe ich in den letzten drei Wochen zweimal angezogen, jeweils zum Anlaß eines Besuches. Die gesellschaftlichen Gelegenheiten sind ja so rar geworden, daß sie als etwas besonderes erscheinen und man sich schon mal extra für einen Nachmittagsbesuch schick macht. Und dann sitze ich da mit meiner schicken Jeans, die an allen Ecken und Enden zwickt und kneift, obwohl sie eigentlich gut sitzt und ich auch nicht zugenommen habe, jedenfalls ist das einmal meine Lieblingsjeans für alle Zwecke gewesen. Jetzt bin ich so froh, wenn ich aus ihr herauskomme und wieder in meine Zweihosenlösung aus langer Unterhose und Trainingshose hineinschlüpfen kann. Das ist warm, darin bin ich flexibel, kann mich in jede Richtung bewegen, und auch am Bauch klemmt nichts. Wenn ich rausgehe, kommt noch die Regenhose obendrüber. Warm, trocken, flexibel. So muß es sein. Ganz ähnlich mit den steifen Hemden. Wer hat sich das ausgedacht? Warum soll man sich für die Gesellschaft in Sachen zwängen, in denen man sich nicht ordentlich bewegen kann? Warum sollte man seinen Körper in ein Gefängnis aus Kleidung stecken, anstatt ihn mit weichen, sanften Stoffen zu umhüllen, die ihn warm halten, ohne ihn zu behindern? Wer findet das schick, wenn jemand eine Monstranz aus Gepflogenheiten mit sich herumträgt, anstatt sich einfach frei zu kleiden, so wie es gut und zweckmäßig ist?

Übrigens entfällt es sogar, jeden Morgen die Unterhose und das Hemd zu wechseln. Ich weiß es gar nicht genau, aber heute morgen bin ich einfach so mit Hemd und Schlüpper aufgestanden, die ich auch in der Nacht getragen habe. Was soll's, ich mag meinen Geruch, und wenn's nachher schmuddelig wird, kann ich immer noch die Sachen wechseln oder duschen.

Auch hier findet sich das menschliche Maß wieder, und kommt die neue Normalität eines Tages, dann werde ich bestimmt trotzdem nicht mehr die steifen Uniformierungen der Moderne tragen, sondern bequemes Zeug, in dem ich mich wohlfühle.

20. Januar

Man sollte ja meinen, daß wir uns im Lockdown befinden und deswegen jeder zu Hause bleiben müßte. Aber weit gefehlt. Es arbeiten fast alle, nur die als „nicht systemrelevant" Aussortierten nicht, der Abschaum der Gesellschaft, die Künstler und Kleinhändler, die Soloselbständigen und Freiberufler, kurz: die Arbeiter an der Seele. Erholung ist verboten, ansonsten sollen die Leute arbeiten wie immer. Und in den Nachrichten hört man weder etwas von den Fortschritten bei der Coronamedizin noch von den offenkundig teilweise gravierenden Nebenwirkungen der Impfung. Und die verschreckten, verängstigten Menschen glauben das, was ihnen vorgebetet wird. Mit Ausnahme der wenigen, die selber denken können, leider wenig genug, um mit Verweis auf die Mehrheit deren Meinung als irrelevant abtun zu können. Opposition ist auch systemirrelevant geworden.

Das ist die politische Lage. Taten- und fassungslos schauen wir uns das Spiel an, das mit uns gespielt wird. Daß jeder jetzt dem Nächsten ein Feind ist, daß Gefängnisse für Renitente gebaut werden, daß jeder Versuch, der Situation mit Logik und Vernunft beizukommen, sofort als „verschwörungstheoretisch" *geframed* wird, daß man unsere Arbeit und unser Lebenswerk als unerwünscht zurückweist.

Es ist nichts Neues, daß die Bevölkerung von den Mächtigen ausgebeutet und belogen wird. Das ist das Spiel, das mit dem *Kali Yuga*, dem dunklen Zeitalter, angefangen hat und uns seit 5000 Jahren im Griff hält: Herrschaftsstrukturen beruhen auf Ausbeutung und Lüge. Und deshalb gibt es nur einen Weg, sich von Ausbeutung und Lüge zu befreien – die Herrschaftsstrukturen zu überwinden.

Wer frei sein will, muß zuallererst daran arbeiten, für sich selber frei zu sein, sich nicht von seinen eingeredeten Bedürfnissen und vermeintlichen äußeren Zwängen beherrschen zu lassen, sondern das eigene Leben so frei und unabhängig zu führen, wie er es führen kann. Was bringt es, gegen die Zwänge des Systems zu fluchen und gleichzeitig die selbstauferlegten Zwänge beizubehalten?

Das ist das, was wir uns immer wieder vor Augen führen müssen, wenn die Wut uns zu überwältigen droht. Wer hindert Dich denn daran, zu trainieren, um ein besserer Mensch zu werden? Niemand als Du selber, Dein Ego. Und deshalb mußt Du trainieren.

Dann merkt man auch, daß es schon eine wesentliche Einschränkung ist, wenn der Schüler seinen Lehrer nicht sehen darf. Wie soll der Schüler sonst lernen, woher soll er sich sonst Korrekturen holen? Nur, wer das als Ausrede benutzt, nicht weiter zu üben, wird nie aus der Fremdbestimmung herauskommen, der würde seine Freiheit, wenn er sie denn einmal hätte, noch nicht einmal bemerken.

23. Januar

Eine neue Pflicht hält uns auf Trab: Wir sollen jetzt medizinische Masken tragen, wenn wir zum Einkaufen gehen.

Das größte Problem ist erstmal: Wo kriegt man überhaupt so eine Maske her? Ich habe einen Packen im Internet bestellt, der wird Mitte Februar geliefert. Ansonsten hört man, daß die Apotheken, die solche Masken an ältere Menschen schon länger verteilen, immer wieder Lieferschwierigkeiten haben. Ich gehe also davon aus, daß, wenn ich heute zu einer Apotheke fahre, um mir Masken zu kaufen, ich keine bekommen werde. Das heißt wiederum, ich weiß nicht, ob ich die nächsten drei bis vier Wochen werde einkaufen dürfen, bis mir endlich meine Maske zugeschickt wird. Also gibt es heute einen Großeinkauf. Es ist ja sowieso dran, sich einzudecken, wer weiß, was sie noch alles mit uns vorhaben. Der *great reset* könnte bevorstehen, und wenn man einmal anfängt, sich mit einschlägigen Informationskanälen zu beschäftigen, dann geht das soweit, daß die

Weltbevölkerung um 85 Prozent reduziert werden soll, um dann unter einer Weltregierung und einer Zentralbank zu leben, mit einem Militär, das sich gegen die Bevölkerung richtet, mit einem Internet aller Dinge, das eine vollständige und lückenlose Überwachung der Menschen ermöglicht, mit einem Staat, der die Fürsorge- und Erziehungspflicht gegenüber seinen unterstellten Menschen hat und wahrnimmt, so daß Kinder nicht mehr von den Eltern erzogen werden, sondern vom Staat. Eine Nancy Pelosi, so kann man lesen, habe aus ihrem Wortschatz alle Wörter gestrichen, die auf einen familiären Zusammenhang hinweisen: Sohn, Tochter, Schwiegersohn etc. …

Dennoch ist diese Vorstellung weniger eine Dystopie als die vage Hoffnung, die Menschen könnten es trotz allem irgendwie hinbekommen, zu überleben. Denn wenn es einen solchen Masterplan der Verschwörer nicht gäbe, dann hieße das, daß wir unmittelbar in dem Chaos der durch die ökologische Krise hervorbrechenden Bürgerkriege landen werden. Die Staaten – ein Auslaufmodell so oder so – werden die finanzielle Last der Krisen nicht mehr tragen können, an ihrer Statt werden private Milizen, aufgestellt von den global agierenden Großkonzernen, Wohlstandsoasen schützen, während der Raubbau an der Natur, aus Not erzwungen, völlig ungehindert weitergeht, so daß spätestens am Ende des Jahrhunderts die Massen Hungers sterben, der Großteil der Erde zu Wüsten und Wüstungen, zivilisatorischer wie natürlicher Art, verfällt und die Privilegierten in abgeschotteten autarken Räumen auf künstliche Nahrung setzen. Wenn es denn funktioniert.

Die Masken geben ihren Teil dazu, nicht mehr, nicht weniger. An einer Stoffmaske kann man bequem vorbeiatmen, und auf diese Weise Nebenluft aus der Umgebung ziehen, aber durch die medizinischen Masken muß man hindurchatmen, und das heißt: Wiedereinatmen der ausgeatmeten Partikel, Einatmen der Baustoffe der Maske, also konstante Zufuhr von zuwenig und zu schlechter Luft, ein vermutliches Krebsrisiko und eine erhöhte Anfälligkeit für Krankheiten aller Art. Auch die Impfungen werden diese Anfälligkeit für Krankheiten aller Art erhöhen und so die Voraussetzung dafür schaffen, daß eine mutierte Coronavirusvariante dann einmal zu einer echten Pandemie werden könnte, in der die Menschen tatsächlich sterben, anstatt daß nur die vermeintliche Gefahr einer Überbelegung von Krankenhausintensivbetten entsteht.

Immerhin, will man die Bevölkerung tatsächlich reduzieren, macht sich das nicht gut, wenn man alle ermordet. Man kann nicht mit dem Militär durch die Slums ziehen und die Menschen erschießen. Das wäre zu offenkundig ein Verbrechen. Man muß die Menschen töten, ohne sie zu ermorden, und dafür nimmt man ihnen die Gesundheit, dann sterben sie von alleine.

Nun, das sind alles Verschwörungstheorien, ins Netz gestellt von Reichsbürgern und Neonazis, von Impfgegnern und Naturverehrern, kurz, von dem rechten Mob. Sie zu glauben, sie auch nur zu lesen, ist an sich schon kriminell und sollte verboten werden.

Wir haben keine Zensur? Höre ich jemanden diesen Einwand bringen? Das stimmt nicht. Die Zensurbehörden von heute nennen sich Faktenchecker und Gemeinschaftsstandardüberwacher, und sie löschen heute schon viel von dem, was Leute einander mitteilen wollen. Sagt es, solange ihr es noch könnt, aber besser schweigt, um eure Überlebenschancen zu erhöhen.

24. Januar

Gestern haben wir also einen Großeinkauf gemacht. Viele Konserven, um für eine Zeit hier autark leben zu können. Besser ist das. Woher soll ich wissen, ob ich am Montag noch einkaufen darf? FFP2-Maskenpflicht beinhaltet, so in der Lesart einiger, eine Pflicht zum Rasieren des Bartes. Es gibt nichts mehr, was heilig ist. Ken Jebsen haben sie den *YouTube*-Kanal gesperrt, mit welcher Ausrede auch immer. Es verstößt gegen die Gemeinschaftsstandards, das Regierungshandeln nie zu kritisieren oder in Frage zu stellen. Es geht nicht nur darum, daß jeder die Maßnahmen mittragen soll. Man hat sie für gut zu befinden und nicht zu hinterfragen.

Es macht wütend, wenn man sich mit den Einzelheiten der Lage auseinandersetzt. Die Ungerechtigkeit der einseitigen Berufsverbote, das gesundheitsschädliche Maskentragen, überhaupt die Aufmerksamkeit, die einem Virus mit 0,2 Prozent Letalität zukommt. Ich habe einiges beschrieben, anderes nicht. Die Frage ist, wie man die hilflose Wut überwindet.

Meine Mutti würde sagen: „Anstatt zu meckern könntest du lieber etwas tun, dich engagieren! Geh in eine Partei, wenn du etwas ändern willst!"

Das ist ein Gedanke, den ich nicht einfach wegschieben kann. Ich war in einer Partei, ich war bei den Grünen. Ich wurde dort auch gut aufgenommen, kandidierte für den Gemeinderat. Letztlich bin ich nicht mal gegangen, weil die Grünen Coronapanik-Unterstützer sind. Es ist viel einfacher: Die gegenderte Sprache, die sie verwenden, ist nicht meine. Und ich gehe davon aus, daß jemand, der mit einem natürlich gewachsenen Phänomen wie der Sprache so umgeht, der geht auch mit anderen natürlich gewachsenen Phänomenen nicht gut um. Die Natur ist für die meisten Grünen nicht deshalb schützenswert, weil sie einen Wert an sich hat, sondern sie ist ein Posten in den Nutzungsbilanzen. Das ist weit mehr, als die anderen Parteien der Natur zuerkennen, und allein deshalb lohnt es sich, die Grünen zu unterstützen, aber bei dem Werk, die gesellschaftlichen Strukturen mit den Mitteln der Bürokratie im Sinne einer falsch verstandenen *political correctness* umzubauen, da gehe ich nicht mit. Sie bauen den neuen Faschismus und merken es noch nicht mal. Deswegen die erbitterte Feindschaft gegen die afd, die selbst ja auch ein Faschismusproblem hat, deswegen die erbitterte Feindschaft der afd gegen die Grünen.

Die afd ist die nächste Partei, die ich überlege zu unterstützen. In der Coronakrise hat die afd als einzige der Parteien einen kritischen Blick bewahrt. Sie ist die einzige Partei, die noch bürgerlich ist, in dem Sinne, daß ihre Inhalte von den Bürgern, aus denen sie besteht, bestimmt werden, nicht von einer den Interessen der internationalen Lobbyisten verpflichteten Funktionärselite. Man muß konstatieren, daß sie die Partei ist, die die Grundrechtsbeschneidungen kritisch sieht, sich gegen Zwangsimpfungen ausspricht, die versucht, normal zu sein. Mithin ist sie die einzige der im Bundestag vertretenen Parteien, die überhaupt die Interessen der Bürger vertritt. Nun, es ist nicht ganz so einfach: Es gibt Politiker der Linken und der fdp, die in ihren Äußerungen das Wohl der Bürger im Blick haben. Es gibt sogar vereinzelte Stimmen in der cdu, und die Grünen haben Boris Palmer. Aber sie alle ziehen letztendlich doch mit, kritisieren die eine oder andere Absurdität als überzogen, mahnen Hilfen an, Ausgleichszahlungen etc. Aber es gibt keinen unter ihnen, der sich weigert, mitzuziehen. Da bleibt nur die afd.

Doch wenn man sich die afd genauer anschaut, merkt man, daß ihre Ablehnung der Maßnahmen nicht auf einem in sich ruhenden und vernünftigem Weltbild fußt, sondern die Anhänger dieser Partei sind im wesentlichen gegen alles, gegen das man sein kann. Sie sind einfach da*gegen*, und deshalb sind sie auch *gegen* die Maßnahmen. Man fragt sich, ob sie, wenn die Bundesregierung heute das Ende aller Maßnahmen verkünden würde, sie nicht morgen damit anfangen würden, Einschränkungen zu fordern. Hauptsache da*gegen*.

Das wäre, wenn heute Wahlen wären, genug, um ihnen eine Stimme zu geben, aber nicht genug, sich an ihnen zu beteiligen. Und wenn ich mir eine Parteiveranstaltung vorstelle, wo die Leute dann über die Grünen herziehen und das Recht der Bauern fordern, ihre Äcker zu vergiften, und das Recht der Autofahrer, ihr Blutbenzin zu verprassen, um dann mit Haß und Häme über Greta Thunberg herzuziehen, nein, daran möchte ich gewiß keinen Anteil haben. Auch wenn es vielleicht lohnend wäre, in der afd eine Heimat für konservative Ökologie zu kreieren. Die konservativen Ökologen sind ja heimatlos. Die npd verbietet sich von selbst, die ödp wäre eine Alternative, wenn auch keine sehr attraktive. Sie versucht sich von Querdenkern und Esoterikern fernzuhalten, um nicht abschreckend zu wirken, bleibt aber damit zu recht das graue Pflänzchen in regionalen Nischen.

Als Hoffnung bleibt noch die Basis. Als Sammelbecken der Coronamaßnahmenfrustrierten entstanden, hat sie ein durchaus gutes Konzept, das einige der Problematiken der Parteiendemokratie bessern könnte. Ich werde sie weiter beobachten.

25. Januar

Solche politischen Gedanken sind fruchtlos. Aber man denkt nun mal, weil man es gewohnt ist, in diesen Bahnen. Die Krise ist eine politische, und ihre Begleitung berichtet notwendigerweise über Politik.

Gestern erzählte Antje von dem Lapitzer Hundehalter, den sie am See oft trifft, und der sagte, daß sein Schwager, ein schon lange sehr kranker Mensch, neulich dann doch recht plötzlich verstorben war. Der Notarzt konnte jedenfalls nur noch den Tod feststellen, und als Todesursache trug er ein: Corona.

„Moment", sagte seine Frau zu dem Notarzt, „der hatte doch gar nicht Corona gehabt."

„Nun, ob er es gehabt hat oder nicht, jedenfalls ist er daran gestorben!"

So werden also die Todeszahlen kreiert. Möglicherweise. Kann auch sein, daß dies die als persönliches Erleben fingierte Wiedergabe eines Netzfundes ist. Paßt aber nicht ins Profil des Mannes, der, ohne sich groß um Politik zu kümmern, sein Lebtag in Lapitz lebt.

Sei es drum. Leute, die hingegen nach der Impfung sterben, sind in aller Regel nur dank eines statistischen Zufalls in zeitlicher Nähe zur Impfung gestorben. Hier einen ursächlichen Zusammenhang zu vermuten, wäre schon verschwörungstheoretisch und rechtsradikal.

Nun, was hat das mit uns zu tun? Was hat das mit meinem Leben zu tun? Wenn Regelimpfungen kommen werden, verpflichtend für alle, dann wird es schon etwas mit meinem Leben zu tun haben. Ob Auswandern dann eine Option sein wird? Aber alle Länder ziehen mit, und nach allem, was man hört, sind wir in Deutschland sogar noch vergleichsweise liberal.

Mein Leben also:

Gestern war ich auf Facebook unterwegs und konnte mich einiger Kommentare nicht enthalten. Das ist immer ein schlechtes Zeichen. Ich soll auf Facebook meine eigenen Inhalte teilen, nicht im Wust der Kommentare der Besserwisser mitmachen, aber manchmal tue ich es dennoch. Und da mußte ich mich also belehren lassen, daß die Maßnahmen im derzeitigen Lockdown durchaus kein Berufsverbot wären, ein Gastwirt könne ja nun Dinge machen, wie die Speisekarte neu zu gestalten, Lieferservice anzubieten etc.

Der Kampf Jeder gegen Jeden beginnt zu rollen. Die, die einen Job haben, sind froh und klammern sich mit aller Macht an den damit verbundenen Statusgewinn. Die anderen, deren Angebote sich an die Seele richten und die deshalb als „nicht systemrelevant" aussortiert wurden, hätten selber schuld, daß sie auf ein falsches Pferd gesetzt haben und müßten sich halt jetzt anders organisieren. Das ist Pech, so ist das Leben. Und diese weit verbreitete Einstellung ist die eigentliche Gefahr. Wenn wir unsere Empathie verlieren, wenn wir das Unglück der anderen mit einem Achselzucken abtun und nur denken, mich trifft das ja nicht, dann hat der Faschismus gewonnen, ganz gleich, welches politische System oder welche Partei an der Macht ist.

Die mitleidlose Arroganz der Mitläufer. Sie verlieren ihre Seele und merken es noch nicht einmal. Jetzt, wo sie nicht tanzen gehen können, wo sie sich nicht mal ein gediegenes Abendessen außer Haus gönnen können. Jeder hat seine Wege, seine Seele zu nähren, wenn sie auch bei vielen verkümmert, aber die Wenigsten wollen doch von gar nichts wissen. Fast jeder hat sein Interesse, sein Stekkenpferd, seine Beschäftigungen. Viel davon ist jetzt weggefallen, und Menschen, die ihre eigenen Bedürfnisse nicht kennen, fällt möglicherweise nicht auf, daß ihnen etwas entscheidendes fehlt. Sie werden mitleidlos und hartherzig, sie werden traurig und einsam, sie werden stumpf und abgenutzt, ohne es zu merken. Und diese Zombies sind der Grundstoff der neuen Gesellschaft, die jetzt geschaffen wird. Und wir Menschen fallen aus dem Goldenen Zeitalter heraus und finden uns wieder in einer Welt, die von uns verlangt, kritiklos mitzutun.

26. Januar

Die Krankenschwester erzählt von ihrem Alltag. Natürlich sind sie völlig überlastet, aber das liegt nicht an den Coronapatienten. Das liegt noch nicht mal daran, daß sie von Haus aus überlastet sind, weil die Kliniken, trotz oder wegen der Pandemie, immer weiter kaputtgespart werden. Nein, sie haben jetzt besondere Hygienevorschriften zu beachten. Nach jedem Patienten müssen sie sich umziehen und waschen und jeden Kontakt sorgfältig dokumentieren. Da wundert man sich, daß sie überhaupt noch zum Arbeiten kommen.

Jedenfalls, ins Krankenhaus möchte man unter den Bedingungen schon mal nicht. Schön auf die eigene Gesundheit achten und hoffen, daß der bittere Kelch der Impfpflicht an uns vorübergeht. Mittlerweile denke ich, die Variationen des Virus sind durch die Impfforschung gezüchtet worden, und jetzt wird das auf uns losgelassen, was uns vernichten soll. Klug wäre es. Der Mensch, so wie er lebt, zerstört seinen Planeten, und wenn wir uns eine langfristige Überlebenschance darauf sichern wollen, ist es sicherlich vernünftig, zunächst einen nicht unwesentlichen Teil der Menschheit zu eliminieren. Vorausgesetzt, man befindet sich in einer Position, derartige Dinge entscheiden und durchsetzen zu können.

Immer wichtiger wird es also, Atmen zu üben. Krank zu sein und immer noch atmen zu können, das ist das, was man braucht, um zu überleben, auch angesichts der Strahlungen der neuen Mobilfunkgenerationen, die ja ebenso für eine Hemmung der Sauerstoffaufnahme ins Blut sorgen können. Wenn man also bestrahlt wird und zu ersticken droht oder von einem Virus attackiert wird und zu ersticken droht, dann darf man nicht in Panik verfallen, sondern muß die tiefe Frequenz finden, auf der sich immer noch atmen läßt. Wenn die Sauerstoffaufnahme des Blutes gestört ist, muß man dem Blut mehr Zeit geben, den Sauerstoff aufzunehmen, um die Vitalfunktionen zu erhalten. Dem Blut gibt man mehr Zeit, indem die Atmung ruhig wird, die Lungenverästelungen müssen Zeit kriegen, sich zu entfalten, und Zeit kriegen, den Sauerstoffaustausch zwischen Lunge und Blut zuzulassen.

Am wichtigsten ist zunächst einmal, den Atem in den Bauch hinunterzulassen. Nicht mit der Atemhilfsmuskulatur des Brustkorbs zu atmen, sondern aus der Bewegung des Zwerchfells heraus. Das ist der Weg, um die erste Panik zu vermeiden. Später geht es dann darum, aus dem Atmen einen quasi alchimistischen Prozeß zu formen, innerhalb dessen das Selbst in Beziehung tritt zu den Energien des Himmels und der Erde und so zum Teil der gesamten einheitlichen Schöpfung wird. So wird es vielleicht möglich sein, mit Hilfe der universellen Energien auch bestimmte unlebbare Situationen zu überstehen. Also Leute, vergeßt den Widerstand und die Politik! Meditiert und lernt das Atmen, sonst seid Ihr verloren!

27. Januar

Es ist 7.57 Uhr. Die Familie schläft noch. Antje trifft eine Freundin für eine Massage, sie wird gleich aufstehen. Die Kinder schlafen, in Rücksichtnahme auf ihren jugendlichen Mehrbedarf an Morgenschlaf, bis 9.30 Uhr. Dann werden wir frühstücken und eine Runde meditieren oder *QiGong* machen, eins von beidem, dann geht es an die Aufgaben. Das *homeschooling* ist mittlerweile zum Selbstläufer geworden, die Kinder holen sich ihre Aufgaben am Computer und lösen diese selbständig. Ab und zu gibt es mal eine Frage, ansonsten machen sie es selber. Am Abend kommen wir noch mal zusammen, dann wird gekickert oder etwas gemalt, ein Spiel gespielt oder auch nur ein Film geguckt. Unser Verhältnis ist entspannt wie noch nie, jeder bekommt seinen Raum, und es gibt wenig Druck. Mag sein, daß sie ihre Aufgaben nicht so gründlich machen wie es vielleicht sein sollte, mag sein, aber wen interessiert es? Der Schulstreß wird früh genug wieder anfangen, und wenn sie dann Lücken haben, wird man sich darum kümmern müssen. Nun geht es zunächst darum, einen guten Rhythmus zu leben und endlich einmal die Ruhe zu haben, sich nach seinen eigenen Bedürfnissen zu richten. Die Ferien reichen sonst ja dafür nicht aus. Ehe man wirklich bei sich angekommen ist, sind sie auch schon wieder vorbei, und die Mühle geht weiter. Aber jetzt haben wir eine Pause, eine Atempause.

Das Leben könnte so einfach sein: genug Geld für die Unkosten und das Essen und Schluß mit dem Ehrgeiz, Schluß mit den selbstauferlegten Zwängen. Heute einen Termin, morgen zwei und übermorgen keinen. So stellte sich ein gesundes Leben dar. Und nebenbei genug Zeit für den Garten, für die Übungen, zum Lesen und für die Familie. Und so bauen wir gerade ein Leben, von dem wir immer nur zu träumen wagten und das die ganze Zeit als Möglichkeit vor uns ausgebreitet lag. Wir brauchten den Lockdown, um zu uns zu kommen.

Es ist 8.13 Uhr, und das trübe Licht des Tages fällt durch das Fenster. Manchmal zeigen sich am Himmel einige Farben, dann ist es wunderschön draußen, mit der klaren Januarluft. Manchmal schneit es sogar ein wenig, aber liegengeblieben ist der Schnee diesen Winter bislang an nur einem einzigen Tag. Meistens haben wir

Schmuddelwetter um den Gefrierpunkt. Öfter mal gibt es ein wenig Schneeregen, aber nicht so viel, daß er stören würde, wenn man mit Jacke draußen ist. Laß es regnen, wenn es regnet, laß es stürmen, laß es schneien, das allermeiste Wetter ist immer noch schön genug, um die eine oder andere Stunde draußen zu verbringen. Am Nachmittag geht es raus, nicht vor zwei, nicht nach halb vier, in den Wald und einige Übungen machen. Das ist das Rezept zur Erhaltung der geistigen und seelischen Gesundheit.

28. Januar

DER CORONALEUGNER

Nun hat es sich ja eingebürgert, alle Menschen, die die Coronamaßnahmen kritisch sehen, unter dem Begriff *Coronaleugner* zu subsumieren.

Der Begriff ist natürlich sachlich falsch, weil die allerwenigsten Leute tatsächlich das Coronavirus leugnen, aber auch das muß einmal erklärt werden:

Ein Virus ist, nach einer Theorie, kein selbständiges Lebewesen, sondern auf einen Wirt angewiesen. „Das Virus ist nichts, der Wirt ist alles."

In der Virenbekämpfung führt diese Theorie zu einem Weg, der als Behandlungsmethode sicherlich Sinn macht: Es geht nicht darum, das Virus zu bekämpfen, sondern darum, den Wirt zu stärken. Einem starken Wirt kann das Virus nichts anhaben, und deshalb braucht es dann auch nicht bekämpft zu werden. Wenn das Virus einen Kranken „erwischt" hat und dieser nun schwer um sein Leben kämpft, ist es sinnvoller, die Selbstheilungskräfte des Körpers zu stärken und so die Krise zu überwinden, als das Virus zu bekämpfen und damit den Körper noch weiter zu schwächen.

In der Krebstherapie gibt es genau den gleichen Widerspruch:

Anhänger der Chemotherapie bekämpfen den Krebs mit Mitteln, von denen sie hoffen, daß sie dem Krebs mehr schaden als dem Körper, so daß der Körper als Sieger aus der Auseinandersetzung hervorgeht. Gegner der Chemotherapie halten entgegen, daß im geschwächten Körper der Krebs (beziehungsweise das Virus) erst recht Fuß fassen kann, so daß es nicht darum gehen darf, den Krebs/das Virus zu bekämpfen, sondern die Gesundheit, die Resilienz zu stärken. Das sind zwei medizinische Behandlungsmethoden, die sicherlich beide ihre Berechtigung haben. Die Methode, die Resilienz zu erhöhen, setzt mehr Eigeninitiative voraus und beinhaltet eine kritische Analyse des gesamten Lebensstils, insofern entscheiden sich die meisten für die Bekämpfungsmethode, einfach weil sie bequemer ist. Über die Erfolgsquoten beider Methoden gibt es unterschiedliche Angaben, eine neutrale Evaluation findet nicht statt, weil die medizinische Forschung nicht unabhängig ist von Geldgebern, die finanzielle Interessen haben.

So, also das ist ein *Coronaleugner* im engeren Sinne:

Auch er leugnet nicht das Virus, er leugnet oder bestreitet lediglich, daß das Bekämpfen des Virus die beste Behandlungsmöglichkeit ist.

Des weiteren werden mit dem Begriff *Coronaleugner* all die bezeichnet, die – aus welchen Gründen auch immer – gegen die Coronamaßnahmen sind. Das hat zwar nichts mit leugnen zu tun, aber sei es drum, das ist der Begriff. Vielleicht gibt es ja bald T-Shirts mit Aufschriften wie: *Ich bin Leugner – und das ist gut so!*

Der *Coronaleugner* ist also kein Leugner, er ist ein Gegner. Er ist ein Gegner der Maßnahmen, und dafür gibt es viele verschiedene Gründe.

Da sind die Wirtschaftsvertreter, allerdings nicht die mächtigen Lobbyisten der Weltkonzerne, die sich an der Umverteilung eine goldene Nase verdienen, sondern nur die vergleichsweise bedeutungslosen Mittelstandsvertreter, die sich um die Vielzahl an zugrunde gerichteten wirtschaftlichen Existenzen sorgen. Sie würden z. B. die Anzahl der Selbstmorde und der Coronatoten einander gegenüberstellen, oder auch vernichtete Wirtschaftskraft statistisch in verlorengegangene Lebensjahre umrechnen und so darauf kommen, daß der wirtschaftliche Schaden mehr Menschenleben oder Menschenjahre fordert als das Virus selber.

Dann gibt es die Gegner der Coronamaßnahmen aus politischen Gründen. Hier sind insbesondere die Grundrechtseinschränkungen wichtig. Wolfgang Schäuble wies zu recht darauf hin, daß das zentrale Menschenrecht des Grundgesetzes eben nicht das Recht auf Leben und körperliche Unversehrtheit ist, sondern die Menschenwürde. Nur letztere ist unveräußerbar. In sie darf auch durch Gesetze nicht eingegriffen werden, und jegliches staatliche Handeln darf nicht die Würde des Menschen angreifen. Daran müssen sich die Maßnahmen messen lassen.

Aber wenn Sterbende nicht begleitet werden dürfen und es keine Möglichkeit für die Angehörigen gibt, sich von ihren sterbenden Lieben zu verabschieden, dann findet hier auf jeden Fall ein Eingriff in die Würde statt. Natürlich kann auch das einer Abwägung unterworfen werden, aber diese Abwägung wird vermieden, zugunsten einer einseitigen Bevorzugung des nachrangigen Rechts auf körperliche Unversehrtheit. Das ist ganz klar rechtswidrig und muß auch so benannt werden.

Auch die weiteren Grundrechtseingriffe sind ein großes Thema. Der rasante Ausbau der staatlichen Kontrollbefugnisse wird ja mit einem Ende der Coronakrise weder ein Ende finden noch zurückgebaut werden. Die Freiheiten, die wir jetzt verlieren, die sind verloren; und sicher, es wird Lockerungen geben, aber nicht mehr in die Freiheit, die wir vorher hatten. Snowden und Assange lassen grüßen als Mahnung für die, die sich für unsere Freiheitsrechte einsetzen.

Also, auch die wackeren Kämpfer für unsere Grundrechte werden jetzt als *Coronaleugner* bezeichnet, obwohl in ihrer Betrachtung die Existenz oder Nichtexistenz des Virus gegenstandslos ist.

Die meisten *Coronaleugner* sind dagegen ganz einfach der Meinung, daß die Maßnahmen nicht verhältnismäßig sind. Eine Krankheit, die eine überschaubare Mortalität hat, ist keine Pandemie (im Sinne des Wortes, nicht im Sinne der wandelbaren Weltgesundheitsorganisationsdefinition), sondern einfach eine Krankheit. Pech für den, der sie zum falschen Zeitpunkt bekommt und daran stirbt, aber das ist das Leben. Gestorben wird immer, und wenn nicht hieran, dann daran. Es gibt nichts dümmeres, als aus Angst vor dem Tod nicht zu leben, und das wissen gar nicht so wenige Menschen.

Wollte man Menschenleben retten, würde man im übrigen bei

der Bekämpfung des Hungers anfangen (da ließen sich mit bescheidenen Geldmitteln jährlich mehr als zehn Millionen Menschen retten), würde dann fortsetzen mit Maßnahmen zur Luftreinhaltung in den Städten und weltweit also Wälder schützen und wiederaufforsten. Mit solchen vernünftigen Maßnahmen würden sich hunderte Millionen Menschenleben retten lassen, ohne unsere Wirtschaftskraft auch nur in Mitleidenschaft zu ziehen.

Ja, und dann gibt es noch die *Verschwörungstheoretiker*. Corona als Mittel zur Vernichtung des Mittelstandes, zur Umverteilung von unten nach oben und letzten Endes zur Bevölkerungsreduzierung, woran die Impfungen einen entscheidenden Anteil haben sollen. Man weiß ja nicht, was man glauben soll, aber eines ist klar: Je unverhältnismäßiger und wahnsinniger die Methoden sind, das Virus einzudämmen, desto wahrscheinlicher erscheinen solche Theorien.

So, das sind also alles die Leute, die *Coronaleugner* genannt werden. Mit Leugnen hat das alles nicht viel zu tun, aber mit Denken. Deshalb zum Schluß eine kleine Abwandlung des Descartesschen Satzes: *Ich leugne, also bin ich!*

29. Januar

IMPFUNGEN

Es ist schwierig, zu dem Thema etwas zu sagen, da sowohl die Anhänger wie auch die Gegner des Impfens eine quasi religiöse Haltung einnehmen, um sich vor Argumenten abzuschotten. Ich möchte deshalb nicht die bekannten Argumente der Dauerschleife wiederholen, sondern einfach nur meine Sicht der Dinge darlegen.

Ich habe vor etwa zwölf Jahren meine letzte Impfung erhalten. Damals war ich mit einer Schnittverletzung zum Arzt gegangen und hatte in die Impfung eingewilligt, einfach weil sie mir vorgeschlagen wurde. Wenn der Arzt das sagt, dann wird das seine Richtigkeit haben, so war mein Gedanke. Nach der Impfung war ich ein halbes Jahr nicht gesund und nicht krank, nie voll leistungsfähig, nie darniederliegend, mit diffusen Symptomen, die sich nicht zu konkreten Beschwerden auswuchsen. Später blieb mir aus dieser Phase noch eine erhöhte Polypenbildung, die nicht weiter störte.

Interessant ist, daß ich Jahre später einer Ärztin, die meine Kinder dringend impfen wollte, von diesen Nebenwirkungen erzählt hatte. Sie hatte nun nicht geantwortet, ja, das komme vor, das sei selten oder harmlos, sie sagte, daß das nicht sein könne und bezichtigte mich so der Lüge.

Und das ist das ganze Problem an der Auseinandersetzung: Wir haben es mit Aussagen zu tun, von denen die Gegenseite behauptet, daß sie nicht stimmten. Wissenschaftliche Evidenzen haben wir keine, da die Forschung nicht unabhängig von den finanziellen Interessen der Geldgeber ist. Es ist, wie so oft, so, daß nicht die Argumente zu der Meinung führen, sondern die Meinung zu den Argumenten. Wer an Impfungen glaubt, ist immunisiert gegen jede Kritik, und sei sie noch so berechtigt, genauso wie der, der nicht an Impfungen glaubt, sich niemals von ihrer Unschädlichkeit überzeugen lassen würde. Im Grunde ist es also müßig, überhaupt von

Impfungen zu erzählen. Niemand hat davon einen Erkenntnisgewinn.

Ich tue es trotzdem, nicht, um zu überzeugen, sondern nur, um meine persönliche Meinung darzulegen. Ich bin weder Wissenschaftler, noch habe ich beruflich mit Impfungen zu tun. Mein angelesenes Wissen ist spärlich und selektiv, meine Lebensbeispiele wenige und vage. Aber ich habe gelernt, in allen Dingen meinem eigenen Urteil zu vertrauen, denn die „herrschende Meinung", wie es im Juristendeutsch treffend heißt, hat nur selten etwas mit den besseren Argumenten zu tun, sondern beruht eigentlich immer auf den Interessen bestimmter Lobbyisten, die diese Meinungen herstellen. Leugnet es nicht, es ist so!

Die Ablehnung spiritueller Sichtweisen erstreckt sich weit über die Vernunft hinaus, der innere Zusammenhang aller Dinge wird geleugnet. Das geschieht, um ein Leben ohne Verantwortung führen zu können, um bedenkenloses Konsumieren zu fördern, um Menschen von ihren seelischen Bedürfnissen zu trennen. Das ist keine Verschwörung, das ist einfach der Geist der Zeit, und wer ihn zu überwinden sucht, fängt an zu hinterfragen und merkt, daß das spirituelle und intellektuelle Fundament der Zeit auf Sand gebaut ist und nicht hält.

Deswegen versucht man als Jugendlicher auszubrechen, um etwas zu finden, das es doch wohl noch geben muß, aber von dem niemand erzählt. So wie ich damals – es mußte doch noch etwas anderes geben. Danach habe ich gesucht. Das war wichtiger als Studium und Karriere, das war wichtiger als selbst mein Leben, und, was soll ich sagen, letzten Endes habe ich es gefunden: das *Tao*, den Weg, den man zu gehen hat, den inneren Zusammenhang aller Dinge, die energetischen und geistigen Grundlagen der materiellen Welt. Die Natur der Materie als Schwingung und Energie. Übungen, mit denen sich das alles erfahren läßt. Von dieser Warte aus spreche ich, und von dieser Warte aus beurteile ich die Impfungen.

Zunächst einmal ist grundsätzlich festzuhalten: Das Einnehmen von Gift ist eine Belastung. Eine Impfung ist eine Belastung für den Körper, wie man es auch dreht und wendet. Mag sein, daß der Impfstoff wirkt, wie beworben, und im gewünschten Sinne wirkt, aber er ist eine Belastung.

Die Impfung ist eine Wette darauf, daß die Belastung, die ich meinem Körper zuführe, kleiner ist als eine mögliche andere Belastung, die ich durch die Impfung verhindere. Sprich, daß die Impfreaktion weniger unangenehm ist als die Krankheit, die ich durch sie verhindere. Das ist der Deal.

Aus spiritueller Sicht ist es ganz und gar unsinnig, sich eine konkrete Schädigung zuzuführen, um eine potentielle Schädigung zu verhindern. Es gibt keinen Weg, sich vor potentiellen Gefahren zu schützen, außer dem, besonnen auf seinem Weg zu bleiben und sich den Gefahren, die darauf liegen, zu stellen. Im Gegenteil, jeder Versuch, einer Gefahr zu entkommen, ist ein weiterer Schritt hin zu ihrer Realisierung. Das Schicksal ist unerbittlich. Das ist so, weil mein Leben meiner Aufmerksamkeit folgt. Wenn ich überall Unglück und Gefahren sehe, dann werde ich in Unglück und Gefahr landen. Wenn ich mich aber von meinem Seelenlicht leiten lasse, dem Streben nach Licht und Einheit, nach Liebe und Mitgefühl, dann werde ich in einer Welt landen, in der diese Dinge vorherrschen.

Impfen nun ist eine Handlung aus der Angst heraus (der Angst, zu erkranken) und damit eine Handlung, die nicht aus göttlichem Vertrauen entspringt, sondern die genau die niederen Seeleninstinkte stärkt, die ein suchender Mensch überwinden will.

Diese Überlegung allein ist genug, um die Impfungen für sich selber abzulehnen. Es muß sich ja nicht jeder auf die spirituelle Suche begeben, aber wer es tut, der wird nicht impfen wollen. Punkt.

Das ist auch, weil jede Krankheit für den spirituell Suchenden ja nicht ein lästiger Schicksalsschlag ist, eine Gemeinheit, die in das schöne und gut laufende Leben eingreift und die irgendwie besiegt werden muß, um wieder dort weiterzumachen, wo man vorher war. Nein, aus spiritueller Sicht ist eine Krankheit ein Hinweis, daß das

Leben auf einer falschen Bahn läuft und zu ändern ist. Keine Krankheit entsteht aus dem Nichts. Jede Krankheit ist ein Resultat meines bisherigen Lebens und eine Chance, meinen Weg zu verbessern. Die Krankheit ist ein willkommener Leidensdruck, der mich dazu zwingt, mich mit denjenigen meiner Fehler zu beschäftigen, die ich im Alltag nicht sehen will.

30. Januar

Beim Impfen ist es anders. Das Impfen unterdrückt die Krankheit und mit ihr den Entwicklungsschritt. Darum findet der Körper dann andere Wege, auszudrücken, was ihm nicht paßt. Zum Beispiel mit Krebs oder einer Allergie. Es ist nicht so, daß Impfungen Allergien hervorbringen würden, Allergien sind keine Nebenwirkung der Impfung, in dem Sinne, daß ein physiologischer Prozeß, der durch das Impfen angestoßen wird, in eine Allergie mündet. Vielleicht auch, aber wir müssen begreifen, daß die konkreten Nebenwirkungen der Impfungen, wie von den Befürwortern behauptet, tatsächlich selten und gering sind. Die Allergie entsteht nicht, weil die Impfung sie verursacht, sondern weil der Körper eine Krankheit braucht, in der er sich ausdrücken kann, und wenn die Erkältungskrankheit weggeimpft ist, dann bietet sich eben eine Allergie an. Oder der Krebs, später. Das ist keine Nebenwirkung der Impfung, das ist eine Begünstigung durch die Impfung. Das ist, weil das Prinzip der Impfung falsch und unethisch ist: Wenn man eine Krankheit bekämpft, die den Körper noch gar nicht erreicht hat, dann kämpft man gegen einen imaginären Feind. Und so braucht man sehr viele Impfungen, weil man ja nicht im vorhinein weiß, welcher Feind denn nun tatsächlich gefährlich wird. Und man kommt nie aus dem Kämpfen heraus, denn wenn man solange kämpft, bis alle Feinde besiegt sind, kämpft man solange, bis man selber besiegt darniederliegt.

Dabei ist die Welt nicht voller Feinde. Die Welt meint es gut mit uns, in ihr wachsen die Pflanzen, von denen wir leben, sie gibt uns den Raum und die Zeit, sie gibt uns alles, was wir zum Leben brauchen. Sicher, das Leben kann hart sein, es ist hart, und manche Menschen werden zudem vom Schicksal gebeutelt. Aber es ist besser, die Krankheit zu behandeln, die man tatsächlich hat, als alle Krankheiten im Vorhinein ausmerzen zu wollen.

Die Nebenwirkungen der Impfungen sind, glaubt man den offiziellen Statistiken (wozu es im Grunde nicht viel Anlaß gibt) vernachlässigbar, Nebeneffekte, also Krankheiten, die durch die Impfung begünstigt auftreten, durchaus nicht. Aber die Impfreaktion ist wiederum etwas, das die moderne Medizin geschafft hat, komplett zu verdrängen. Es wird davon ausgegangen, daß die Impfreaktion in einem meist kurzen und schwachen Fieber besteht, das nach wenigen Tagen vorbei und vergessen ist. Das ist ein großer Irrtum, der dadurch entsteht, daß man nicht auf die Gesundheit achtet, sondern nur auf die Abwesenheit von Krankheit. Die Impfreaktion ist keine Krankheit, deswegen können Ärzte sie nicht sehen.

Die Impfreaktion ist folgende: Der Körper wird durch die Impfung angeregt, sich gegen eine Krankheit zu wehren, die er nicht hat. Die erste Impfreaktion besteht deshalb in einer Imitation der Krankheit. So weit, so klar. Das Problem ist, daß der Körper die imitierte Krankheit nicht besiegen kann, weil sie nur eine Chimäre ist. Er wird also immer weiter gegen sie kämpfen, weil er nicht feststellen kann, daß er sie besiegt hat. In gewisser Weise ist sie da und muß bekämpft werden, obwohl sie andererseits gar nicht existiert. Was im Körper existiert, ist die Idee von der Krankheit. Wenn man Gesundheit als Abwesenheit von Krankheit definiert, dann ist das unterhalb der Wahrnehmungsschwelle. Der geimpfte Körper ist nicht krank.

Wer aber lernt, auf die Gesundheit als solche zu achten, der sieht: Der geimpfte Körper ist auch nicht gesund. Noch lange nach der Impfung nicht. Es dauert etwa ein halbes Jahr, bis die ursprüngliche Vitalität und Lebendigkeit des Organismus wiederhergestellt ist, abzüglich eines unwiderruflich verlorengegangenen Restes. Lustlosigkeit und Antriebsschwäche, ein gewisses Gefühl des „In-Watte-gepackt-Seins", ein Zustand wie kurz vor oder nach einer Krankheit, nicht krank, aber auch nicht gesund; das ist die Impfreaktion, und sie dauert ein halbes Jahr. So als Richtwert. Manchmal auch nur drei Wochen, manchmal Jahre und Jahrzehnte. Aber dieses ungefähre halbe Jahr wird jeder bestätigen können, der sich hat impfen lassen und ein gewisses Bewußtsein für den eigenen Körper besitzt. Von außen ist es zu sehen. Die plötzlich lustlosen Kinder, in deren Augen der Glanz erloschen ist. Das tut Ihr durch die Impfungen. Durch die Schule auch, aber vor allem durch die Impfungen.

Ich schreibe nicht, um Euch davon zu überzeugen, nicht zu impfen. Ihr habt gute Gründe dafür, es zu tun, und ich will Euch die nicht ausreden. Alles, was ich mir wünsche, ist, daß Ihr respektiert, daß auch ich gute Gründe dafür habe, mich nicht impfen zu lassen. Laßt mich und meine Kinder damit in Ruhe, dann können wir doch alle zufrieden leben!

1. Februar

Es ist 17.11 Uhr. Draußen wird es jetzt langsam dunkel. Ich war eben noch spazieren und habe im Wald am Fluß an meinem Lieblingsplatz das *Baduan Jin* geübt und 200 *kua*-Hocken gemacht. Die *kua*-Hocke, die Antje mir gezeigt hat, dient dazu, daß das *Qi* durch die Körpermitte hindurchfließen kann. Das *kua* ist ein Raum in der Hüfte, der bewegt werden muß, um die untere Wirbelsäule und die oberen Beine zu verbinden und durchlässig zu halten. Die Übung ist sehr fein, und es erfordert große Konzentration, sie richtig zu machen, und so ganz habe ich das Gefühl auch noch nicht ergriffen, aber ich übe und so wird es besser werden.

Sich wohl in seinem Körper zu fühlen ist eine ganz neue Erfahrung. Früher habe ich immer gedacht, die Abwesenheit von Schmerz sei der Dreh- und Angelpunkt des Wohlseins, denn wenn es keinen Schmerz gäbe, sei alles in Ordnung. Aber das stimmt nicht. Man kann den Körper in all seinen Einzelteilen erspüren, man kann sein Fleisch genießen, man kann sich an seinen Fähigkeiten erfreuen, man kann sich ein Körperteil nach dem anderen ins Bewußtsein holen und anfangen, bewußt in seinem Körper zu leben, anstatt ihn nur als Vehikel des Geistes zu begreifen und ihm selbst keine Aufmerksamkeit zu schenken. Beim Spazierengehen den Schritt zu genießen, wie die Sohle auf der Erde landet, das Gewicht aufnimmt und wieder weitergibt für den nächsten Schritt. Wie die Bewegung durch die Schenkel läuft, die Knie, und wenn dann die Hüfte weich ist, weil man gut die *kua*-Hocke geübt hat, dann fängt der Schritt an, wie eine Massage für's Rückgrat zu wirken, jeden Schritt abfedernd und oben den Kopf balancierend, derweil die Arme frei schwingen im Rhythmus der Schritte. Das ist die große Freude des Fleisches: das *Qi* und das Blut und den Atem durch den Körper fließen zu spüren, das Gewahrsein dessen, was ist. Den Moment zu leben und sich nicht von seinen Gedanken forttragen zu lassen in Zukunft oder Vergangenheit, das ist die hohe Kunst. Und wir üben, und wir kommen voran. Natürlich, vielleicht sollte ich, um Erleuchtung zu erlangen, täglich fünf Stunden üben oder mehr, denn viel hilft viel, und schneller oben ist schneller da, aber ich bin es zufrieden, wenn ich meinen Spaziergang habe und dabei einmal übe. Das *Baduan Jin,* die *kua*-Hocke. Meditieren fehlt mir heute noch, dann habe ich aber mein Übungspensum schon erledigt. Noch schreiben, noch übersetzen, noch Harfe spielen. Bleibt immer noch genug vom Tage, um aufzuräumen, mit der Familie zusammenzusitzen, eine Folge *Game of Thrones* (mal wieder) zu gucken. Paßt alles rein in so einen Tag. Wenn nirgendwo Arbeit lauert, weil die Welt sich Gottseidank im Lockdown befindet.

2. Februar

Ich habe mir heute einmal angeguckt, wo genau die Grenzen meines 15-km-Umkreises um meinen Wohnort liegen. Denn das ist ja das, was mir am nächsten liegt. Welche Orte also gehören zu denen, die ich besuchen darf?

Die große Stadt Neubrandenburg gehört dazu. Ich war am äußersten Ende, bei REAL gewesen, und das liegt immer noch bequem im Radius. Da die B 96 dort wieder etwas westlich führt, ist die ganze Strecke bis kurz vor dem Abzweig nach Hohenzieritz inbegriffen. Die Kreuzung allerdings nicht, was heißt, das ich mit dem Auto nicht südlich um den See komme. Aber sogar Burg Stargard mit der mittelalterlichen Höhenburg und seinem Aussichtsturm ist im Kreis – auf der Straße jedoch fahren wir dorthin über 25 Kilometer. Im Osten komme ich fast bis zum Sponholzer Bahnhof, im Nordosten kann ich Neverin und Neddemin besuchen, aber Neuenkirchen nicht. Bis Altentreptow komme ich ebenfalls nicht, nur zu seinem Vorort mit dem bemerkenswerten Namen Thalberg, und so kann ich auch im Norden die Tollense nicht queren, mir bleibt nur der eine Übergang an der Y-Kreuzung in Neubrandenburg. Im Norden bilden Wolde mit dem Blutopferstein unter der Kirche, Japzow und Reinberg die Grenze. Im Nordwesten kann ich nach Rosenow, zu Bank und Eisdiele, nach Briggow und nach Bredenfelde, außer in die westlichsten Siedlerhäuser, ebenso wie in Lehsten, wo die Häuser, die hinter dem Ende des Kopfsteinpflasterstraßenabschnitts in Richtung Varchentin liegen, nicht mehr im Radius sind. Die B 192 kann ich bis Möllenhagen zur Tankstelle befahren, und obwohl auch Ankershagen im Radius liegt, führt die Straße von Möllenhagen nach Ankershagen doch aus dem Radius heraus und darf also nicht benutzt werden. Dann liegt die Grenze an der Südseite des Strelitzer Berges, gleich hinter dem bronzezeitlichen Hügelgrab mit dem prosaischen Namen Geldberg. Dort kann ich dann sitzen und, wie vor 3700 Jahren die Ahnen, über das Land blicken, die fruchtbare Penzliner Au mit der pittoresken Jahnkapelle, der ungeweihten Baustelle. Auch Hohenzieritz kann ich besuchen, das Schloß, in dem die Königin Luise starb, die Königin der Herzen in den napoleonischen Kriegen. Der Weg rüber zur B 96 ist mir verschlossen; allenfalls mit dem Fahrrad könnte ich über Prillwitz, mit dem malerischen Jagdschloßpark an der Lieps, den Tollensesee umrunden.

Das ist mein Nahbereich, und ich würde nicht an jedem Tag mit dem Fahrrad zu seinen Grenzen fahren wollen. Einige Touren wären etwas länger als die kurze Nachmittagsspritztour. Um den See herum brauche ich zum Beispiel von hier aus fast 50 Kilometer. Das kann ich natürlich fahren, aber nicht, wenn in zwei Stunden die Sonne untergeht. Zur Zeit fahre ich eh nicht Fahrrad. Es ist Winter, und jetzt ist es kalt geworden. Auch meine Füße sind kalt geworden, und es führt kein Weg daran vorbei: draußen sind die schweren Winterschuhe dran, mit Wollsocken in den wasserdichten Laufschuhen reicht es nicht mehr. Aber vielleicht ist das mal ein Projekt für den Sommer: zu den Grenzen des Radius fahren. Sind viele schöne Touren dabei.

Aber – ab morgen gelten die Ausgangsbeschränkung und die 15-km-Regel nicht mehr. Sie waren offensichtlich nicht gerichtsfest, und außerdem sind ja auch die Fallzahlen gesunken. Nicht, daß das Lockerungen rechtfertigen würde, nein, dafür müßten die Verbreitungszahlen erstmal auf Null sinken oder besser noch darunter. Mit der Logik, die zur Zeit vorgegeben wird, ist fortan jede Grippewelle Anlaß für Schließungen und Beschränkungen. Aber lassen wir das. Ich lasse das.

3. Februar

Jeder Tag ist gleich, aber alle sind anders. Was gestern leicht und freudvoll schien, ist heute schwer und quälend. Ich arbeite mein Programm ab, aber ohne Freude, ohne Herzblut. Ich bin müde.

Gestern konnte ich nicht schlafen, obwohl ich mich fast wie krank gefühlt habe. Etwas Kälte ist über die Füße in den Körper gelangt, ich bin ein wenig angeschlagen, aber als ich dann gestern zeitig im Bett war, merkte ich schnell, daß an Schlaf nicht zu denken war. Eine leere Fülle, würden wir dazu sagen: Der Geist ist unruhig und rege, aber die Substanz ist schwach und füllt den Geist nicht wirklich aus. Ich bin also wieder aufgestanden, ein wenig etwas habe ich getan, die Seite doch noch geschrieben mit den Entfernungen. Ferdinand war dann in der Nacht noch auf, und ich habe ihm gezeigt, was ich so mache.

Heute fehlt mir der Schlaf und der Elan. Am liebsten würde ich mich aufs Sofa legen und gar nichts machen, aber nicht mal dazu habe ich Lust. Also quäle ich mich jetzt durch diese Seite.

Ich mag auch nicht mehr über die Politik schimpfen, obwohl es ja doch dokumentiert werden muß: Heute hat das Land Mecklenburg-Vorpommern einen Bildungsplan vorgelegt, nachdem schon die Kindergartenkinder mit digitalen Medien zu arbeiten lernen sollen. Antje las das vor, und ich war mir dann sicher, daß es Satire ist, nach dem Satz, daß es für ein Kind ja keinen Unterschied mache, ob es mit einer realen Schere etwas zerschneidet oder am Bildschirm etwas ausschneidet. Es war aber keine Satire. Die meinen das ernst. Und Frau Merkel hat nun im Interview gestern gesagt, daß, wer sich nicht impfen lassen will, mit Einschränkungen zu rechnen habe. Also Freiheiten, die selbstverständlichen Freiheitsrechte, die bis vor elf Monaten nie jemand hinterfragt hat, werden nun gebunden an die Teilnahme am Impfprogramm, das im übrigen schon viele alte Menschen umgebracht hat. Hier sind nach einer Impfung sieben Bewohner verstorben, dort neun, dort zwei, alle gleichzeitig, aber nicht an der Impfung, sondern an ihren Vorerkrankungen, etc., etc., etc. Es ist so schlimm, man kann das alles gar nicht glauben.

Aber für heute schreibe ich nicht mehr. Die grausame Wahrheit ist letztendlich auch nur ein Trick des Teufels, mich meinem *Illwill* aufsitzen zu lassen. Ich muß üben und bei mir bleiben. Das gelingt mal besser, mal schlechter. Heute ist ein schlechter Tag, aber wer weiß, wozu es gut ist.

4. Februar

Eine besondere Stilblüte gibt es noch aus Neubrandenburg zu berichten. Neuerdings finden Demonstrationen ja als Autokorsos statt. Immerhin ist so eine Demonstration möglich, ohne daß sich Menschen auf der Straße zu nahe kommen. Eine Versammlung indes ist es nach wie vor, und nach dem Infektionsschutzgesetz haben Menschen auf einer Versammlung Masken zu tragen. Also ging die Polizei hin und hat angeordnet, daß alle in ihrem Auto eine Maske zu tragen haben. Auch die Fahrer.

Mehr gibt es dazu nicht zu sagen. Es ist Wahnsinn oder hat Methode. Vermutlich beides. Aus gutem Grund darf ein Führer eines Kraftfahrwagens nichts tun, was seine Verkehrstüchtigkeit beeinträchtigt. Natürlich ist eine Maske für einen Autofahrer eine Behinderung, was nicht schlimm ist für den Autofahrer, sondern schlimm für die Beteiligten der Unfälle, die durch schlechte Sicht und Konzentrationsschwächen aufgrund von Sauerstoffmangel passieren können.

Und schon wieder sitze ich hier am Schreibtisch und rege mich auf. Als würde es der Welt besser gehen, wenn ich es mir schlechter gehen lasse.

Der Ruf nach Mut und zivilem Ungehorsam wird lauter. Schon gab es Ausschreitungen in den Niederlanden; in Österreich reihten sich Polizisten in eine Demonstration ein, anstatt sie niederzuknüppeln.

Hier ist alles ruhig, zumindest hört man nichts anderes. Ich bin erstaunt, denn unter den Menschen, die in ihren Stadtwohnungen fast eingesperrt sind, müßte es doch genügend Leute geben, die die Situation nicht ertragen. Es gibt einen gewissen Anstieg der Selbstmordraten, aber ich habe noch nicht von einem Amoklauf nach Coronakoller gehört. Dabei liegt das doch auf der Hand: Jemand hält es nicht mehr aus und geht auf die Straße, um irgendetwas zu zerstören und kaputtzumachen. Für junge Erwachsene ist das Leben manchmal schwer zu ertragen; es kann nicht sein, daß die ganze Bevölkerung das alles gleichmütig mitträgt und nicht mal die Verrückten und Ausgestoßenen aus der Reihe fallen. Ich will es ja nicht berufen, aber es wundert mich schon.

Der zivile Ungehorsam also, von dem schon H. D. Thoreau gesagt hat, daß er eine Pflicht des Bürgers gegen den Staat sei. Auf der einen Seite ist das richtig: Wenn wir morgen alle keine Maske mehr tragen würden, wäre die Maskenpflicht vorbei. Wenn die Angehörigen in die Pflegeheime stürmen, könnte man das Besuchsrecht mit den Füßen erzwingen. Eine nächtliche Ausgangssperre ist nicht durchzusetzen, wenn alle abends extra hinausgehen. Das alles ist machbar. Das Volk hat eine gewisse Macht, wenn es auch im Ernstfall niemals gegen die hochgerüsteten Spezialeinheiten der Armeen bestehen könnte.

Aber das Volk will gar nicht. Sie glauben noch an das Mantra von dem Ende der Pandemie durch die Impfstoffe, und jeglicher Widerstand gegen die Maßnahmen wird von ihnen interpretiert als dummes und rücksichtsloses Verhalten, das die Lage verschlimmert. Es ist wirklich so, daß in den Köpfen vieler Menschen die Gegner der Coronamaßnahmen an der zweiten Welle schuld sind. Weil die sich nicht an die Schutzmaßnahmen gehalten haben und so dem Virus die Ausbreitung ermöglichten. Da nützt es nichts, darauf hinzuweisen, daß der Lockdown nur für ausgewählte Berufsgruppen gilt und alle anderen auf Arbeit mit so vielen Menschen in Kontakt kommen, daß der Widerstand gegen die Maßnahmen statistisch keine Rolle spielt. Mit Logik braucht man im Jahr 2021 niemandem mehr kommen.

8. Februar

VERSCHWÖRUNGSLEUGNER

Diesen schönen Begriff habe ich gestern in einem Artikel gelesen. *Verschwörungsleugner* sind Menschen, die leugnen, daß es in den höheren Ebenen der Macht geheime Absprachen zwischen den Beteiligten gibt, die nicht dem Wohl des Volkes, sondern der persönlichen Bereicherung oder Machterweiterung dienen. Ein *Verschwörungsleugner* ist jemand, der davon ausgeht, daß die Politiker, so wie wir sie gewählt haben, nach bestem Wissen und Gewissen ihre Entscheidungen fällen, ohne sich von Interessen leiten zu lassen, die dem Allgemeinwohl entgegenstehen.

Ein *Verschwörungsleugner* ist also jemand, der behauptet, der Lobbyismus spiele keine andere Rolle in der Entscheidungsfindung, als technische Probleme bei der rechtlichen Umsetzung professionell zu lösen.

Ich könnte das weiter ausführen, aber im Grunde zeigt sich von vornherein, daß unser politisches System darauf aufgebaut ist, daß es Verschwörungen unter den Mächtigen gibt. Der Lobbyismus macht das ganz offiziell und überdeutlich. Aber es wäre naiv, anzunehmen, daß ansonsten hinter den Kulissen alles sauber läuft. Macht macht machthungrig. Wir wissen, daß das Geldsystem durchaus seinen Einfluß auf die Politik hat – es zu leugnen wäre schlicht Wahnsinn – und daß es jede Menge Entscheidungen gibt, die ein Zusammenspiel der oberen Mächtigen gegen das Allgemeinwohl belegen.

Das Hanfverbot ist ein besonders eindrückliches Beispiel, wie mit erwiesenermaßen falschen Behauptungen ein Konkurrent der Pharmaindustrie aus dem Weg geräumt wurde. Auch der Golfkrieg ist mit nachgewiesenen Falschbehauptungen begründet worden, ohne daß einer der Verantwortlichen dafür vor einem Gericht erscheinen mußte. Seit mehreren Jahrzehnten werden die Reichen immer reicher und die Armen immer ärmer, eine Entwicklung, die sich leicht durch entsprechende Gegenmaßnahmen entschärfen ließe, aber das Gegenteil ist der Fall: Großkonzerne haben es leicht, sich staatliche Unterstützungen einzufordern, ihre Verluste zu verstaatlichen und ihre Gewinne der Steuer vorzuenthalten. Das ist natürlich nicht recht, auch wenn es dem Gesetz entspricht.

Halten wir zunächst also fest, daß „Verschwörungen" unserem politischen System nicht fremd sind, sondern ihm zugrunde liegen. Zu diesem Zwecke treffen sich die Mächtigen der Welt auf Veranstaltungen wie Weltwirtschaftsforum, Bilderberger, G20. Das könnte der *Verschwörungsleugner* auch „Beratungen" nennen. Natürlich, man trifft sich, um zu besprechen, wie man handeln wird.

Ist es nun aber abwegig, davon auszugehen, daß die Mächtigen der Welt ihre Macht dazu benutzen, diese weiter auszubauen? Ganz im Gegenteil, man weiß von den politischen Systemen, daß es in ihnen darum geht, Macht auszubauen. Wer nicht wächst, wird gefressen, so die kapitalistische Logik. Wir haben eben noch keine Wirtschaft, die substantiell und nachhaltig der Stabilität dient, ganz im Gegenteil: Das Wachstum gilt immer noch als Haupttriebfeder der Entwicklung.

Aber das Wachstum ist begrenzt. Fremde Länder können nicht mehr erobert werden, da die Erde schon unter den Einflußsphären verteilt ist, also muß das Wachstum daher kommen, daß im Inneren immer neue Bedürfnisse geweckt und immer weitere Bereiche der Lebensführung der Bürger der Verwertungslogik des Kapitals unterworfen werden. Heute werden Krankenhäuser und Universitäten nach marktwirtschaftlichen Kriterien geführt, obwohl sie erkennbar weder dazu gemacht noch geeignet sind, Geld zu erwirtschaften. Im Gegenteil, die Zivilgesellschaft leistet sich Krankenhäuser und Bildung, um den Menschen ein besseres Leben zu ermöglichen. Das ist eine Ausgabe, keine Einnahme.

Schauen wir uns die Universitäten an. Was passiert denn da? Universitäten sind dazu angehalten, Drittmittel einzuwerben, weil der Staat sie nicht mehr vollumfänglich finanzieren mag. Diese Drittmittel kommen aus der Wirtschaft. Die Wirtschaft fördert solche Forschung, die ihren Interessen entgegenkommt. Sie ist also nicht neutral. Statt einer neutralen medizinischen Forschung, die untersucht, was wann, wo und wie hilft, haben wir eine von Pharmainteressen finanzierte Forschung, die deshalb dem Gedanken verpflichtet ist, der Pharmaindustrie Gewinne zu ermöglichen. Das ist keine neutrale Wissenschaft, das ist interessengesteuerte Wissenschaft.

Ein *Verschwörungsleugner* würde diesen Zusammenhang leugnen. Es ist ihm nicht vorstellbar, daß wissenschaftliche Studien einem anderen Zweck als der Wissenschaft dienen, auch wenn offen auf der Hand liegt, daß sie Profitinteressen dienen.

Der *Verschwörungsleugner* ist darum zu beneiden. Für ihn ist die Welt ein friedlicher Ort, wo demokratisch gewählte Vertreter die Interessen derer vertreten, die sie gewählt haben. Was es noch an Kriegen und Betrügereien gibt, sind die traurigen Reste einer vergangenen Welt, als das Böse noch unter den Menschen war. Heute gibt es das Böse nicht mehr, allenfalls noch verstockte Menschen, die die Früchte des Wohlstands, den wir uns durch gerechte Arbeit verdient haben, durch krude Theorien gefährden.

Das ist der *Verschwörungsleugner*. Man könnte ihn auch als *Rechtsstaatsgläubigen* bezeichnen. Sein Wappen sind die drei Affen: *nichts sehen, nichts hören, nichts sagen.*

8. Februar

SHI HENG YI
UND DIE ACHT ENERGIEKÖRPER

Die Taoisten sprechen von acht Energiekörpern, aus denen der Mensch besteht. Das ist zunächst der physische Körper, dann der *Chi*-Körper, der den physischen Körper belebt, dann der emotionale Körper, die Ebene des Erfahrens, auf der die Tiere ihre Meisterschaft entwickeln. Da Du diese Zeilen liest, hast Du auch Deinen vierten Energiekörper, den mentalen Körper, entwickelt und mit ihm die Fähigkeit, abstrakten Gedanken zu folgen. Der fünfte Energiekörper ist das psychische Erleben. Hier geht es um die Kultivierung der feinstofflicheren Energien. Glaube und die Erfahrung übersinnlicher Begebenheiten gehören hier dazu, die Erfahrung der Aura und die Auseinandersetzung mit Engeln, Dämonen und Geistern und Wesen wie Elben und Feen, Göttern und Mächten. Viele Menschen trauen dieser Welt keine eigene Realität zu, sie bleiben gefangen in der mentalen Ebene und verlassen nicht die vertrauten Gestade des logischen Denkens. Andere projizieren ihre eigenen Wünsche in die psychische Ebene und nehmen nicht das wahr, was ist, sondern das, was sie sehen möchten. Der Verstand kann das nicht auseinanderhalten. Die Menschheit als solche befindet sich in einem Übergang von der vierten in die fünfte Ebene, indem einige am logischen Denken festhalten, während andere schon die Realität der feineren Welten erforschen.

Der sechste Körper, der Kausalkörper, hat mit Raum und Zeit zu tun. Hier erfahren wir das Wunder des All-Einen, und die Bedingtheiten unserer Welt weichen den unendlichen Möglichkeiten der Harmonie, Raum und Zeit zu erfahren. Hier bewegt sich der schöpferische Mensch, der in seinem Schaffen die Harmonien der Welt neu erfindet. Der siebte Energiekörper ist der Körper der wahren Individualität. Nur ein sich als unabhängig von Zeit und Raum empfindendes Wesen kann Freiheit erfahren. Es steht ihm frei, im Universum zu wirken und das zu realisieren, was es realisieren möchte. Der achte Körper ist das *Tao*. Der Meister der achten Ebene tut nicht mehr das, was er tun will. Er tut das, was zu tun ist. Er ist Eins geworden mit Quelle und Ziel seines Seins.

Shi Heng Yi ist ein *Shaolin*-Meister, der diese acht Energiekörper augenscheinlich gemeistert hat. Wie Du und ich hat er einen Körper, der mit *Chi* belebt ist. Meister Shi Heng Yi trainiert jeden Tag seinen Körper und sein *Chi*, um gesund, kraftvoll und vital zu sein. Von seinen Emotionen oder gar seinen Launen ist er schon lange nicht mehr abhängig. Da ungeklärte Emotionen sich gern als Blockaden im *Chi*- und physischen Körper zeigen, ist er mit dem Training seinen Emotionen auf den Grund gegangen, so daß diese nun frei fließen können und als Radar seiner Wahrnehmung dienen. Diese Rückmeldung ermöglicht seiner mentalen Ebene, vernünftige Überlegungen aufgrund zuverlässiger Informationen anstellen zu können. Nicht wie Du und ich, die wir immer aus unseren Launen heraus Überlegungen anstellen und uns für schlau dabei halten. Man spricht hier auch von den fünf Dieben: Gier, Mißgunst, Trägheit, Ruhelosigkeit und Zweifel. Auch Shi Heng Yi wird diese Diebe haben, aber er läßt sich nicht mehr bestehlen. Vielleicht läßt er den Dieben Almosen zukommen, daß auch sie befriedet leben können.

Auch die Klärung der mentalen Ebene ist ihm gelungen. Seine Gedanken sind klar und einleuchtend, seine Formulierungen genau und prägnant. Die fünfte, die psychische Ebene wurde geklärt durch das ausdauernde Üben. Es gibt keinen anderen Weg, sich mit den inneren Dämonen auseinanderzusetzen, als den, sich mit ihnen auseinanderzusetzen. Man muß wissen, daß die Phänomene der psychischen Ebene im Grunde fast alle Einbildungen sind. Es gibt Engel und Geister und Mächte und Wesen, aber es gibt keine Möglichkeit, diese mit den Mitteln des Verstandes zu begreifen. Deshalb sind all die Geister und Wesen, die uns der Verstand vorgaukelt, eingebildet.

Und da der Verstand nicht unterscheiden kann, was er sich einbildet und was psychisch erfahrbar ist, ist der einzige Weg, zur Wahrheit vorzudringen, zu üben und sich allen Phänomenen zu stellen.

In der Meditation lernte Shi, seine Gedanken so lange laufen zu lassen, bis sie sich schließlich erschöpft hatten und eine Stille einkehrte.

Der Zustand des Nicht-Denkens ist der Schlüssel zum Sein, denn umgekehrt ist es das Gewahrsein des Seins – oh tausende Stunden des Atemübens im stillen Sitzen! – das den Gedanken ermöglicht, im Herzen zur Ruhe zu finden. Dann entsteht im Denken eine Einheit von den Nieren über das Herz bis ins Hirn. Aus dieser Einstellung der inneren Leere heraus wird es möglich, das wahrzunehmen, was ist, und nicht das, was man sich einbildet.

Als Shi Heng Yi diese Stufe gemeistert hatte, war er schließlich bereit dafür, das Konzept des kausalen Denkens beiseitezustellen und mit der Zeit und dem Raum zu arbeiten. Seine Übungen wirkten deshalb so vollkommen, weil sie nicht von seinem Körper durch Bewegungen hergestellt wurden, sondern weil sie Formen in Zeit und Raum schufen, die sich in der Bewegung ausdrückten. Er drehte nicht seinen Körper nach rechts. Er folgte der inneren Idee der Bewegung, und die erschien als Drehung im Körper.

Das ist die Essenz des schöpferischen Menschen: die Verwirklichung der Harmonie.

Solcherart ausgestattet mit allen Möglichkeiten des inneren und äußeren Handwerks konnte Shi Heng Yi in die Welt gehen. Er tat dort das, was ihm gefiel. Er studierte und arbeitete, aber letztlich zog es ihn vor allem in sein Kloster, einem wunderschönen Ort in der rheinischen Pfalz, denn der Weg des Übens ließ sich hier am Besten verwirklichen. Und so setzte er neue Maßstäbe in den Übungskünsten *QiGong* und *Tai Chi*. Gerade kürzlich erst meisterte er die achte Ebene.

Nun, da er eins mit dem *Tao* ist, sendet er seine Botschaften und Künste in die Welt. In gut und aufmerksam produzierten Übungsvideos zeigt er, wie es geht. Seine Interviews erklären das, was dazu zu wissen ist. Das geschieht dem *Tao* entsprechend, um aus der Welt einen besseren Ort zu machen, denn es steht jedem frei, den gleichen Weg zu gehen, und wenn nicht den ganzen, so doch ein Stück.

Danke, Shi Heng Yi.

11. Februar

Morgens um sieben ist es jetzt wieder hell. Abends reicht das Licht fast bis sechs. Die dunkle Zeit des Jahres ist vorbei und mit ihr die Zeit des größten Rückzuges. Im Februar fängt das Wollen wieder an. Wir haben jetzt Ferien, nicht Lockdown-Ferien, sondern Schulferien, und die Kinder haben viel Besuch hier. Es sind immer dieselben: Ingo und Ulli, Mattis und Jörg. Dennoch, wenn drei von denen bei uns sind, entspricht das nicht den Regeln. Man kann sich nicht immer an die Regeln halten, man muß auch leben. Und wer weiß, was heute überhaupt für Regeln gelten.

Gestern war wohl wieder eine Bund-Länder-Konferenz, in der das neu geregelt wird. Die Lage ist sehr unübersichtlich, die Infektionen gehen zurück, aber die Mutationen kommen, die Impfung schützt nicht vor Ansteckung, und immer wieder hört man von Todesfällen, auch gehäuften Todesfällen nach Impfungen. Natürlich beeilen sich die Mainstreammedien zu versichern, daß Todesfälle nach Impfungen statistisch erwartbar seien oder auf Vorerkrankungen oder vorheriger Ansteckung beruhen. Aber dann hört man auch immer mehr von den falsch ausgestellten Totenscheinen, von den Covid-Toten, die keine Covid-Toten sind, sondern an den absehbaren Folgen ihrer vielen Krankheiten starben, die am Lebensende nunmal zum Tode führen. Und außerdem ist herausgekommen – nicht, daß man das nicht schon vor Monaten hätte lesen können, aber nun ließ sich dieser Bericht auch von den Mainstreammedien nicht länger verschweigen –, daß im letzten März, bevor die Maßnahmenorgien losgingen, das Innenministerium die Wissenschaftler, die die Lage beurteilen sollten, dazu angehalten hat, möglichst schockierende Szenarien zu entwerfen, um restriktive Maßnahmen gerechtfertigt erscheinen zu lassen.

Im Grunde ist also schon völlig klar, daß diese Pandemie eine Art Putsch gegen die Zivilgesellschaft ist, mit dem die Regierungen die grundgesetzlichen Grenzen ihres Machtbereichs aushebeln, um die

Bürger zu entmachten. Auch hat man von einer Wahlmanipulationssoftware gehört, die in den demokratischen Staaten die Runde macht, und daß es also überhaupt nicht mehr ausgemacht ist, daß wir nach der Wahl das Ergebnis unserer Wahl tatsächlich erfahren. In Amerika gab es offenbar größere Unregelmäßigkeiten bei der Wahl, möglicherweise wurde Trump ein verdienter Sieg gestohlen, das läßt sich von hier aus natürlich nicht beurteilen. Es wäre nach der Wahl von George Bush junior dann die zweite gestohlene Wahl in diesem noch jungen Jahrhundert. Hellhörig wurde ich, als vor der Wahl aus dem demokratischen Lager Stimmen zu vernehmen waren, man dürfe auf keinen Fall zulassen, daß Trump noch eine Wahl gewinnt. Das kann man als *figurative speech* – „bildliche Rede" – nehmen, aber auch konkreter als Ankündigung des Wahlbetrugs.

Sei es, wie es sei. Auch wie es bei uns ist, läßt sich schwer sagen. Die Coronapandemie hatte bislang ja noch überhaupt keine Auswirkung auf die Wahlumfragen, nach denen cdu 35, grüne 17, spd 15, afd 12, linke 8 und fdp 6 Punkte, so im Großen und Ganzen, zu erwarten haben. An diesen Werten ändert sich nichts grundsätzliches. Und die Zustimmung zu den Maßnahmen ist nach diesen Umfragen immer noch ungebrochen hoch.

Aber stimmt das auch? Die meisten Leute in meinem Umfeld sind durchaus davon überzeugt, daß die Maßnahmen mit Corona nur wenig zu tun haben, dafür umso mehr damit, uns zu gängeln und den Reichtum nach oben, zu den Internetriesen, umzuverteilen. Andere, wie Norbert oder Christel, die nicht gelernt haben, ihre Gesundheit zu pflegen, für die sind wir, die sogenannten Coronaleugner, das Problem. Mit Haß und Entsetzen schauen sie auf unsere Argumente und denken, die Regierung tue alles, sie zu schützen, nur nicht gut genug, nicht konsequent genug, und wir seien die Saboteure des größeren Gemeinwohls, zu dumm und zu verstockt, um zu verstehen. Gut möglich, daß all die Menschen in den Städten, abgeschnitten von jedweden natürlichen Lebenszyklen, gefangen in ihren virtuellen Welten und ihren soziologischen Systemen, ohne

Körperbewußtsein, ohne Sinn für den Sinn des Lebens, daß all diese Menschen tatsächlich so denken, daß die große Mehrheit dafür ist, diese zeittypische Krankheit zur Katastrophe umzudeuten. Wenn selbst intelligente Menschen wie Norbert oder Christel für die Propaganda empfänglich sind, ist es vielleicht vergeblich zu hoffen, daß eine Mehrheit der Menschen anfängt, das Spiel zu durchschauen, das mit ihnen gespielt wird. Aber das weiß ich natürlich nicht. Ich sehe die Umfrageergebnisse von Umfragen, von denen ich vermute, daß die gefärbte Frageformulierung schon hinlänglich für die gewünschten Ergebnisse sorgt, so daß eine Fälschung der Rohdaten, die immer auch enthüllt werden kann, nicht mehr nötig ist, aber auch das weiß ich nicht. Vielleicht sind wir schon alle gegen die Maßnahmen und merken es nur nicht, weil gefälschte Umfragen uns immer noch vorgaukeln, die Mehrheit sei dafür. Woher soll ich das wissen?

Weil die Menschen nun mal so sind. Da braucht man keine Umfrageergebnisse zu fälschen. Die meisten Menschen denken so, wie die meisten Menschen denken, sie hinterfragen diese Meinung nicht, sondern teilen sie. Uns bleibt nur, das Licht in der Dunkelheit leuchten zu lassen.

14. Februar

Dies war mal der Termin, an dem der Lockdown enden sollte. Aber der ist verlängert. Vielleicht muß Jonathan ab dem 24. wieder zur Schule, vielleicht auch nicht. Friseure dürfen dann auch bald wieder öffnen, für alle anderen bleibt's beim alten. Voraussichtlich mindestens bis Ostern. Oder darüber hinaus. Man könnte ja auf die Idee kommen und meinen, dieser Inzidenzwert, von dem alle immer sprechen, ist jetzt runter auf 60, das heißt, die Welle ist vorüber und gebrochen, also könnte man jetzt auch wieder aufschließen. Erste Stufe, zweite Stufe und so weiter. Aber nein, es gibt eine Mutation, die könnte gefährlich sein, also bleibt's beim Lockdown. Und das ist schon phänomenal: Eine Krankheit, die eventuell gefährlich werden könnte, Krankenhäuser, die eventuell überlastet werden könnten. Es ist der Konjunktiv, mit dem die Maßnahmen begründet werden. Weil es gefährlich werden könnte. Und diese Situation haben wir in jedem Jahr an genau 365 Tagen. Es gibt immer etwas, was gefährlich werden könnte. Unter dieser Prämisse ist es überhaupt nicht möglich, irgendwelche Lockerungen begründen zu können. Wenn wir erst wieder zu einem normalen Leben zurückkehren, wenn wir sämtliche Ansteckungskrankheiten ausgerottet haben, dann werden wir nicht mehr zu einem normalen Leben zurückkehren. Nie. Es gibt keine Zeit nach Corona, denn es ist nicht die Krankheit, die uns im Griff hat. Es sind unsere Nerven, es ist die Angst, es ist die Panik. Und um da herauszukommen, muß man begreifen, daß der Tod nicht die schlimmste aller Möglichkeiten ist. Schlimmer als zu sterben ist, nicht zu leben. Aus Angst vor dem Tod das Leben nicht zu leben, ist keine gute, keine gesunde Option. Das ist eine ganz banale Wahrheit, die jedem relativ klar erkennbar sein müßte, aber im gegenwärtigen Diskurs gälte man als zynisch, wollte man sie vertreten.

So leben wir in einer Zeit, in der die Wahrheit nicht mehr kommunizierbar ist. Der politische Diskurs hat sich in einem autopoetischen System abgeschottet, geschützt von unhinterfragbaren Glaubenssätzen.

Ich möchte aber nicht lamentieren. Das Gute am Lockdown ist – abgesehen von der persönlichen Erfahrung –, daß er die Instrumente bereitstellt, mit denen auch der globalen Klima- und Umweltkrise begegnet werden kann. Wenn Reisen verboten ist, haben wir schon ein bißchen gewonnen. Wenn die globalen Lieferketten zusammenbrechen und wir auf regionale Subsistenzwirtschaft zurückgeworfen werden, haben wir noch mehr erreicht. Mit der Logik der Ausgangsbeschränkungen und des 15-km-Radius ließen sich auch bequem etwa eine nächtliche Stromsperre verfügen oder Benzinrationierungen. Natürlich ist auch eine nicht abwählbare Behörde womöglich mutiger, was das Verbot von Plastik und Ackergiften angeht, und in einer diktatorisch geführten Gesellschaft kann auch ein Wald nicht einfach verkauft und abgeholzt werden, bloß weil die Geldströme stimmen. Da braucht man dann schon die individuelle Korruption, die schwieriger, weil kleinteiliger ist als die systemische.

Natürlich, wir brauchen uns nichts vorzumachen: Eine solche Ökodiktatur würde nichts daran ändern, daß von unten nach oben umverteilt wird. Die Gewinnsysteme der Online-Riesen werden ebensowenig in Frage gestellt wie die Interessen des Mittelstandes geschützt. Kleinunternehmertum hat keinen Platz in der modernen Welt, das zivile Bürgertum, so wie wir es kennen, mit seiner Illusion von Freiheit und Selbstverwirklichung, wird einem gemeinwohlorientierten Solidarismus weichen, in dem das digital fast vollständig nachvollziehbare Handeln jedes Einzelnen einer moralischen Kontrolle unterliegt.

Immer wichtiger wird es daher, zu begreifen, daß die Freiheit, nach der wir uns sehnen, nicht die Freiheit von äußeren Zwängen ist, sondern die Freiheit von inneren Bedingtheiten. Solange ich innerlich nicht frei bin, werde ich an den äußeren Begrenzungen verzweifeln. Erst wenn ich innerlich frei bin, fange ich an zu begreifen, welche Möglichkeiten mir tatsächlich offenstehen. Die äußeren Umstände bleiben dann nur als Form, die es ermöglicht, in ihr zu wirken.

Wie aber werde ich innerlich frei? Das muß man täglich üben, am besten in der Meditation. Und wenn man dann begreift, daß es sich nicht leben läßt, solange man Angst vor dem Tod hat, dann hat man den ersten Schritt geschafft.

16. Februar

Vorgestern ging die Sonne um 17.13 Uhr unter. Dann war der erste Sichelmond am Westhimmel zu sehen, der jetzt jeden Tag eine Stunde länger verweilt. So dachte ich jedenfalls. Jetzt lese ich in den

Mondaufgangszeiten eines Kalenders, daß dieser nicht mit schöner Regelmäßigkeit jeden Tag eine knappe Stunde später aufgeht (eine $^6/_7$-Stunde), sondern daß dieser Abstand zwischen 15 und 90 Minuten schwankt. Warum das so ist? Keine Ahnung, noch zweifele ich an, daß der Kalender überhaupt stimmt.

Die Sichel des neuen Mondes war dünn, deutlich dünner als die Sichel der Bronzescheibe von Nebra, die einen drei bis vier Tage alten Mond repräsentieren soll. Wenn der drei Tage alte Mond im Sternbild der Plejaden aufgeht, kommt entweder ein Schalttag ins Jahr oder ein Schaltmonat, um den Sonnen- und Mondkalender auszugleichen. Ungefähr so funktionierte die berühmte Scheibe, indem sie auf Wissen zurückgriff, das in mindestens mehreren Jahrzehnten kontinuierlicher Sternenbeobachtung gesammelt worden war.

Aber ich gucke in die Sterne und weiß nichts von dem, was ihr Stand mir anzeigt. Nun habe ich registriert, daß der Orion, der im Dezember im Süden prangte, deutlich nach Westen gerückt und nur noch am Abendhimmel zu sehen ist. Im Sommer wird er nicht zu sehen sein, weil er dann auf der Tagseite des Planeten liegt. Ganz langsam beginnt sich ein Bild darüber zu entwickeln, wie sich unsere Perspektive der Sterne über die Nacht und über das Jahr verändert. Manchmal glaubte ich schon das Gefühl zu greifen, wie die Erde sich in atemberaubender Geschwindigkeit dreht, um sich selber und um die Sonne, die sich wiederum auch in unvorstellbarer Geschwindigkeit bewegt; und wie die Bahn der Erde um die Sonne und die Drehung um sich selber für die Variationen am Himmel sorgt, die wir beobachten können. Die wir beobachten könnten, müßte man sagen, denn wenn ich an den Himmel sehe, sehe ich nicht die Sterne, die ich gestern auch gesehen habe; ich sehe lauter Sterne, die irgendwo am Himmel stehen. Nur einige wenige kenne ich: den Orion, den Polarstern, den Großen Wagen, die Plejaden und die Kassiopeia, das Himmels-W – oder waren das die Plejaden? Das jedenfalls ist die Grenze meines Wissens. Vielleicht sehe ich auch manchmal den Kleinen Wagen, aber dann gibt es so viele Konstellationen am Himmel, die der Kleine Wagen sein könnten, daß ich nie weiß, ob ich ihn tatsächlich sehe oder mir das nur einbilde. Mars, Merkur und Venus habe ich auch schon betrachten können, gerade der Mars ist ein dankbares Beobachtungsobjekt. Aber es ist mir noch nicht gelungen, mir seine Bahn im Verhältnis zu unserer Erdbahn vorstellen zu können, und wie diese Bahnen sich um die Sonne legen, und ob der Mars sich gerade nähert oder entfernt. Über die Venus aber habe ich im vergangenen Jahr gelernt, daß es eine Prolongation gibt, einen Tag, an dem die Venus am längsten am Abendhimmel zu sehen ist, und einen Tag, an dem die Venus am frühesten am Morgenhimmel zu sehen ist, und daß diese beiden Tage etwa ein halbes Jahr auseinanderliegen. 2020 haben sie ein halbes Jahr auseinandergelegen. Mag sein, daß dieser Abstand sich immer ändert. Das weiß ich ebensowenig.

Und so stolpere ich durch mein astronomisches Halbwissen und muß mir zugeben, daß ich mitnichten eine Himmelsscheibe von Nebra erdenken könnte; ich kann sie nicht mal richtig verstehen. Auch wenn ich jetzt hier die Lücken meines Wissens so freimütig ausplaudere und weiß, daß der interessierte Mensch sich ein Vielfaches an Wissen in kürzester Zeit anlesen könnte, so behaupte ich einfach mal frank und frei, daß mein rudimentäres Wissen weit mehr ist als das der meisten heutigen Menschen, von denen viele noch nie überhaupt die Milchstraße gesehen haben und den Geschehnissen am Himmel keine weitere Aufmerksamkeit schenken, als zu einem gelegentlichem Schönfinden des Mondes und Staunens ob der Sterne.

Mit welchem Recht also erheben wir uns über unsere bronzezeitlichen Vorfahren und behaupten, wir repräsentierten die höchste Zivilisationsstufe der Menschheit? Könnten wir heute Pyramiden bauen, die Jahrtausende lang stehen? Verstehen wir unsere Welt wirklich besser, oder haben wir nur Wissen angehäuft, welches wir nicht zu deuten wissen? Und sonnen uns im Glanz der wenigen menschlichen Lichtgestalten, die tatsächlich Großes hervorbringen, die Kultur und Größe in die Menschheit bringen, gegen den

Widerstand der trägen Masse, die an nichts denkt als den eigenen Bauch ... heute wie damals?

17. Februar

Ich bin aufgestanden, habe mich an den Computer gesetzt und zwei Stunden lang durch *facebook* und *News*-Seiten geklickt. Es ist nicht so, daß ich nichts anderes zu tun hätte, nur steht auf der Agenda ganz oben, die ergänzenden Angaben zur Steuererklärung für das Finanzamt auszuarbeiten, und da ist mir jedes Mittel recht, mich davor zu drücken.

Das hat natürlich nichts mit Corona zu tun. Ich habe es schon immer so gehandhabt, die unangenehmen Aufgaben bis *ultimo* aufzuschieben. Ich nehme mir jedesmal vor, das andersherum zu machen, erst das Unangenehme abzuarbeiten, damit ich dann frei im Kopf bin für das, was auch immer ich dann machen will, weiß ich doch, daß die Existenz einer unerledigten Aufgabe das sorgenfreie Leben solange unmöglich macht, bis die Aufgabe abgearbeitet ist. Es hilft alles nichts. Tag für Tag, Woche für Woche schiebe ich die Aufgabe vor mir her, sie bleibt im Hinterkopf, sie strahlt aus auf das ganze Leben und wird erst gemacht an dem Tag, an dem ich den ganzen Kram abzuschicken habe.

Wie gesagt, mit Corona hat das wenig zu tun. Aber doch – dieses terminbefreite Leben erinnert an die früheren Schlunzzeiten, wo ich mit wenig Geld in den Tag hineingelebt habe – eher aus dem Tag heraus, denn im Winter stand ich oft erst auf, wenn es schon wieder dunkel wurde –, und damals wurden solche bürokratischen Erfordernisse von mir solange ignoriert, bis sie sich zu konkreten Zahlungsaufforderungen von Phantasiebeträgen auswuchsen. Mittlerweile habe ich es gelernt, mich wenigstens *in time* darum zu kümmern, aber das Gefühl, den bürokratischen Mist einfach so lange zu ignorieren, wie er irgend zu ignorieren geht, das kriege ich jetzt wieder gefaßt. Es ist einfach, aus einem komplett privaten Leben heraus die Spielregeln der Gesellschaft auszublenden und das zu tun, wonach einem der Sinn steht. Nicht, daß das wiederum einfach wäre – im Gegenteil, es ist schwierig, seine Tage ohne jedes äußere Gerüst so zu strukturieren, daß sie sinnvoll genutzt werden, ohne im abgestandenen Gemenge von Zeitvertreibsbeschäftigungen und halbherzig verfolgten Projekten zu versickern. Deshalb schreibe ich täglich auf, was ich geübt und geschrieben habe, um nachvollziehbar zu machen, was ich denn tatsächlich schaffe in dieser Zeit.

 Das *Baduan Jin* und das *Yi Jin* habe ich mir erarbeitet, das *Buch Jesaia* aus der Bibel übertragen, dieses Tagebuch geschrieben, bin mit der Harfe gut vorangekommen, viel spazieren gegangen. Das steht auf der Habenseite. Lange Fernsehabende und übertriebenes Surfen im Internet, wie heute morgen, stehen dem gegenüber. Ich bin nicht unzufrieden. Sicher, mancher Tag ist auch weitgehend verschenkt, aber im Großen und Ganzen komme ich voran.

 Jedoch nicht mit der konkreten Arbeit. Wir brauchen neue Handzettel, weil unsere Schwerpunkte sich abermals verschoben haben. Das TANGOLITO ist nicht mehr unser Name und nicht mehr unsere Philosophie, nun sind wir bei den COTTERELL HEALING ARTS, aber die haben wir noch nicht beworben. Das könnte man vorbereiten, mit Handzetteln, mit einer wenigstens rudimentären Internetpräsenz. Daran hätte ich nun zu arbeiten, habe aber keine Lust. Ebensowenig wie auf größere Hausumbauprojekte, für die ja eigentlich jetzt Zeit und Muße wäre. Viele Wände könnten einen neuen Anstrich gebrauchen, Abstellecken harren des Baus von Regalen, um Bücher, Campingausrüstung, Werkstattbedarf, noch nicht aussortierte Kleidung und was halt noch so im Haus herumsteht, klarer ordnen zu können. Auch daran arbeite ich nicht, oder kaum. Kurz: Alles, was mir nicht nach der Nase geht, wird nach hinten verschoben. Steuerklärung, Krankenkassenverdienstnachweis, Kontenklärung bei der Versicherung... Solange diese Dinge zu unserem Leben gehören, können wir nicht wirklich davon sprechen, frei zu sein.

18. Februar

NACHTRETEN GEGEN EINEN TOTEN

Ich bin schockiert. Normalerweise kann ich ja mit meiner zynischen Betrachtungsweise die meisten Zumutungen aus der Politik locker von mir fernhalten, denn jede schlechte Nachricht ist letztendlich ein Schritt zur Bestätigung meiner Kassandrarufe und damit für mich persönlich wenigstens auch zum kleinen Teil eine gute Nachricht, bestätigt sie mich doch. Diesen Mechanismus habe ich schon lange durchschaut, ich finde ihn auch nicht gut, ich bemühe mich deswegen um eine objektivere Betrachtungsweise, bei der mein *ill will* nicht so eine prominente Rolle spielt. Teilweise gelingt mir das auch, aber das ist ein weiter Weg.

Umso erstaunter bin ich selbst angesichts des Schocks, den mir eine vergleichsweise harmlose Episode aus dem Radio zugefügt hat.

Zunächst wußte man nicht, worum es ging. Es ist bekannt, daß gerade über Trump entschieden negativ berichtet wird, als sei es *common sense* der Deutschen, daß Trump ein schlechter Mensch und noch schlechterer Präsident gewesen sei. Eine gewisse Tendenzialität in der Presse läßt sich nicht von der Hand weisen, zumal die Journalisten mehr und mehr auch zu der Meinung finden, daß sie eine quasi erzieherische Verantwortung für die Volksgedanken haben, daß das, was sie berichten, also nicht nur stimmen muß, sondern auch so zu berichten ist, daß das Volk von seinem latenten Rechtsradikalismus letztendlich abrückt. Auch das Gendern wird im Radio immer aufdringlicher, so daß man teilweise schon ausmacht, nur um nicht darüber nachdenken zu müssen, was damit gemeint ist, wenn „Bürger innen" sein sollen. Eine Chiffre für Ausgangsbeschränkungen scheint es jedenfalls nicht zu sein.

Sei es drum. Die Tendenzialität, das bevormundende Gehabe, sogar noch die unkritische Unterstützung des Regierungshandelns in der Coronakrise bis hin zum Vorwurf der gezielten Propaganda, über all das kann man streiten, man kann es so oder anders sehen, man kann Argumente für und wider abwägen.

Was ich heute gehört habe, war anders. Es ging nicht um Trump, es ging um einen Nachrichtensprecher, der Trumps Positionen vertrat und verteidigte. Ein streitbarer Mann also, der, so war in dem Bericht zu hören, „Äpfel mit Birnen" verglich, indem er den Abriß der Mauer an der Grenze zu Mexiko dem Bau einer Mauer um das Capitol gegenüberstellte und fragte, wer denn die größere Gefahr sei, der illegale Einwanderer oder der konservative Republikaner. Nun, die Demokraten hätten da zur Zeit eine sehr eindeutige Antwort, aber darum ginge es nicht. Der Fernsehmoderator, Jimbo oder Limbo oder so ähnlich, war mit Sicherheit kein Mann, der seine Gegner mit Samthandschuhen anfaßte, und der natürlich in mehrere häßliche Auseinandersetzungen involviert gewesen war.

Nun ist er gestorben. Und das ist eigentlich der Moment, wo man den Streit ruhen läßt und über seinen politischen Gegner sagt, er sei ein großer Staatsmann gewesen und habe sich mit großem Engagement für seine Ziele eingesetzt, so was eben. Man würdigt seine Lebensleistung, unabhängig davon, wie man im Leben miteinander gekämpft hat.

Nicht so der Deutschlandfunk. Er verbrämt seinen Nachruf, der als solcher zunächst gar nicht zu erkennen ist, mit dem Nachweis, daß jener Mann seinen Job nicht ordentlich gemacht habe, er sei seiner journalistischen Sorgfaltspflicht nicht nachgekommen.

Das sagt man nicht über einen Toten! Wenn man über einen jüngst Verstorbenen nichts Gutes zu sagen weiß, dann sagt man halt nichts über ihn. Das wäre völlig okay. Aber den Tod eines Mannes als Anlaß zu nehmen, ihm seine Niederträchtigkeit nachzuweisen, das ist das, was mich schockiert hat. Offensichtlich gibt es nichts Menschliches mehr, was heute nicht auf dem Prüfstand stände. Und der gute Mann vom Deutschlandfunk weiß vermutlich von sich selber noch nicht mal, daß er ein Haßprediger ist.

19. Februar

Antje beschwert sich darüber, daß sie in diesem Tagebuch kaum vorkommt.

„Spiele ich denn keine Rolle?", fragt sie provokant, und ich merke, daß der Haussegen schiefhängt. Nichts, wogegen man etwas machen könnte. Nun, mittlerweile auch nichts mehr, was sich in endlosen Diskussionen und gegenseitigem Vorwurfspingpong ausdrücken muß. Wir haben gut gelernt, miteinander zu leben, und daß wir im Lockdown nun noch mehr Zeit miteinander teilen als vorher schon, hat uns noch mal enger zusammengeschweißt. Und dennoch hängt manchmal der Haussegen schief. Vielleicht, weil wir einen rückläufigen Merkur haben, Zeit für Mißverständnisse und Autopannen. So sagt Emilia, die gerade zu Besuch ist.

Es ist schwierig, über Antje hier in diesem öffentlichen, zu veröffentlichenden Tagebuch zu erzählen, denn sie hält sich nicht immer an die Maßnahmen. Dabei ist das, was sie übertritt, gut begründet und genau dosiert. In dem Bewußtsein, daß es wichtig für die Menschen ist, sich mit ihrer Gesundheit auseinanderzusetzen und an ihr zu arbeiten, gerade, wenn ein gefährliches Virus im Umlauf ist, läßt sie sich von ihren Schülern privat besuchen. Im ersten Jahrzehnt des *QiGong*-Übens ist es wichtig, die Anbindung an einen Lehrer zu haben, weil man noch Schwierigkeiten damit hat, alleine und für sich zu üben. Und so ist ein wöchentlicher Gesundheitskurs für viele Menschen ein wichtiger Bestandteil ihrer Ausgeglichenheit. Von all den Menschen, die diese Kurse gerade nicht besuchen können, werden einige Krankheiten entwickeln und sterben, weil sie nicht genug gegensteuern konnten. Diese Maßnahmen-Toten werden natürlich in keiner Statistik auftauchen, aber da sind sie. Genau wie die Toten durch Bewegungsmangel, die Toten durch depressive Störungen im Lockdown, auch die Toten durch maskeninduzierte Pilzerkrankungen der Atemwege. Schließlich ganz allgemein: der statistische Verlust an Lebensjahren, der mit dem statistischen Verlust an Wohlstand einhergeht. Gut, das alles läßt sich nicht seriös beziffern, aber das Prinzip ist klar und führt für Antje zu einem moralischen Dilemma: Hält sie sich nämlich an den Wortlaut der Coronamaßnahmen, läßt sie als Heilerin und Gesundheitstrainerin die Menschen, die sich ihr anvertraut haben, im Stich. Und das wiederum darf sie nicht machen. Man darf den Hilfsbedürftigen nicht abweisen, ganz egal, was das Gesetz dazu zu sagen hat. Das Gesetz kann meinen moralischen Verpflichtungen gegenüber nur nachrangig sein, und wo das Gesetz den Menschen verbietet, sich gegenseitig zu helfen, ist es ein verbrecherisches Gesetz, nicht das Gesetz des gerechten Königs, dem man zu gehorchen hat, sondern das Gesetz des Teufels und des Tyrannen, das man überwinden muß, um wieder frei und gottgefällig leben zu können.

Daß die Herrschaft über unsere Welt in den Händen des Teufels und seiner Vasallen liegt, steht daher außer Frage.

Und wenn man erstmal diesen Schritt gegangen ist, dann erscheint vieles plötzlich als möglich und wahrscheinlich, dem man bisher mit einem müden Lächeln ausgewichen ist, als wäre es nicht der Mühe wert, darüber nachzudenken. Wer sagt mir, daß die *Adrenochrom*-Geschichte nicht stimmt? Vielleicht werden tatsächlich in geheimen Kellern Kindern gefoltert, um ihnen Medizin für die Reichen und Mächtigen abzupressen. So steht es jedenfalls im Infokanal des Großherzogs Friedrich Maik, den Antje abonniert hat und in dem sie eifrig liest. Da man nicht mit unbewiesenen Beschuldigungen arbeiten soll, war ich es gewohnt, solche Geschichten nicht für voll zu nehmen, aber diese Gewißheit schwindet, ebenso wie die Gewißheit, daß bei den Wahlen fair ausgezählt wird, ebenso wie die Gewißheit, daß wir nicht mit den Impfungen massenhaft getötet werden sollen. Der Teufel hat uns in der Hand, und seine teuflischen Machenschaften lassen sich mit unseren menschlichen Gehirnen, die auf Kooperation und Mitgefühl setzen, nur schwer begreifen. Aber daß es so sein könnte, läßt sich nicht mehr wegdiskutieren angesichts einer Gesetzgebung, die Menschen verbietet, sich gegenseitig zu helfen.

23. Februar

GEWAHRSEIN

Was ist Gewahrsein? Dieser Frage gehen wir zur Zeit in unseren Meditationen auf den Grund. Die Aufgabe ist die, das Gewahrsein auf dem Atem zu halten, bis hin zu einer ununterbrochenen Folge von 30 Atemzügen. Das ist sehr schwierig. Vorgestern bin ich zweimal bis zur 16 gekommen.

Aber was heißt Gewahrsein? Ein etwas lockeres Verständnis von Gewahrsein ist das, welches ermöglicht, überhaupt Atemzüge zu zählen. Wenn ich sitze und so vor mich hindenke, aber aufmerksam genug bin, meine Atemzüge zu zählen, dann schaffe ich das aufgrund eines gewissen Gewahrseins. Verliere ich das Gewahrsein, verliere ich auch die Zahl. Trotzdem bleibt bei der Methode noch jede Menge Raum für Gedanken, die mit der Meditation nichts zu tun haben.

Das vollständige Gewahrsein hingegen, auch dahin habe ich schon einmal schnuppern können, ist dergestalt, daß das Körpergefühl so präsent in der Wahrnehmung wird, daß Worte keinen Platz mehr im Gedankenstrom finden. Es geht also nicht darum, die Gedanken zum Schweigen zu bringen – die Gedanken denken sich sowieso, ob ich ihnen nun bewußt folge oder nicht, aber ich folge ihnen nur so lange, wie ich kein ausgefülltes Gewahrsein von mir selbst habe. Es geht darum, das Gewahrsein so zu stärken, daß das Bewußtsein das Gewahrsein denkt und nicht mehr die Worte des Gehirns alleine.

Genaugenommen ist es ja so, daß, wenn ich sitze und dem Atemzug folge und denke, ich folge jetzt dem Atemzug, daß ich ihm dann schon nicht mehr tatsächlich folge, sondern nur noch denke, daß ich ihm folge.

Aber diese Grenze kann ich nicht ziehen, so weit bin ich noch nicht. Für mich geht es zur Zeit darum, die Gedanken so zu fokussieren, daß sie aus diesem Moment nicht hinauswandern. Ich „darf" also alles denken, was meine konkrete Situation in dem Moment betrifft.

Ich folge also meinen Atemzügen – oft genug komme ich noch nicht mal bis zum ersten, dann sitze ich nervös da und schaffe es nicht, mich soweit zu beruhigen, daß ich meine Gedanken tatsächlich auf mich selber richten kann. Irgendwann greife ich dann einen Atemzug, und noch ehe der vollendet ist, bin ich schon wieder in irgendwelchen Plänen oder Sorgen oder Aufregungen verstrickt.

Aber manchmal klappt es auch. Wenn ich gut bin, baue ich eine Verbindung auf, die von den Nieren über das Herz bis zu dem Punkt hinter den beiden Augen führt, wo eine kleine, geschützte Gedankenkammer ist, in die kein Wort hereinkommt. Ich spüre also, wie das *Chi*, das wie eine Energiesäule durch mich hindurchläuft, mich aufrecht hält, während meine Gedanken endlich einmal in eine große Ruhe fallen und dahin, wo es keine Rolle spielt, ob sie gedacht werden oder nicht. Diese Verbindung läßt sich ausbauen und größer und stabiler machen, bis hin zu dem Punkt, daß ich in vollem Gewahrsein sitzen kann, ohne mich von Gedanken stören zu lassen.

Aber so weit bin ich noch nicht. Wenn ich diese „Kammer" – ein unzureichendes Bild, aber ich habe erstmal kein anderes – erreicht habe, kommt ja sofort der Gedanke: ‚Ach, hier bin ich, jetzt habe ich diese Kammer erreicht.' Und der Gedanke kommt in Worten daher und trägt mich wieder fort.

Also geht es zunächst darum, die Gedanken in der Gegenwart zu lassen, im „Hier und Jetzt", wie man so sagt, und das ist eine dankbare Unterscheidung. Solange ich denke, daß ich atme, solange denke ich über die Gegenwart nach. Solange ich denke, daß ich zu dem Punkt hinter den Augen gelangen will, solange denke ich in der Gegenwart. Fange ich an zu denken, daß ich jetzt schon zwölf Atemzüge gemeistert habe, und gestern hatte ich nur zehn, bin ich draußen. Vergleich mit gestern, das ist Vergangenheit, also ein Fehler. Wenn ich denke, was ich im Anschluß an die Meditation machen will, dann ist das Zukunft, also ein Fehler. Wenn ich ein Auto höre, ist das Gegenwart. Wenn ich überlege, wohin das Auto will, ist das Zukunft, Fehler. Wenn ich in meinem Oberstübchen eine

Anweisung höre – ‚Bleib bei deinem Atem, laß dich nicht ablenken!' –, dann ist das Gegenwart. Wenn diese Stimme aber eine Identität kriegt, vielleicht als Freund, der mir das sagt, weil ich mit dem Freund einmal darüber gesprochen habe, befinde ich mich schon in der Vergangenheit.

Das ist also das, was ich zur Zeit in der Meditation übe. Die Gedanken in der Gegenwart zu halten. Bis 16 Atemzüge bin ich dabei gekommen.

25. Februar

> Wenn du denkst, daß du denkst,
> dann denkst du nur, du denkst,
> denn das Denken der Gedanken
> ist gedankenloses Denken.
> (Aus: *Der kleine Wikinger*).

Wer sich mit den Gedanken auseinandersetzt, merkt schnell, daß die Dinge nicht so einfach sind. Manchmal kann ich mich beim Denken beobachten, dann „denken sich" die Gedanken praktisch von alleine, während „ich" danebenstehe und analysiere, was für Gedanken da hervorgebracht werden. Manchmal haben die Gedanken auch keinen Sinn.

Zum Beispiel gibt es das Phänomen, einen Liedausschnitt als Ohrwurm zu haben, der vordergründig gut memoriert daherkommt. Wenn man sich dann den Liedausschnitt aber genauer anhört, in seinem eigenen Kopf, dann merkt man, daß der Textausschnitt, an den man sich erinnert, sinnlos ist, das heißt, der Text hat einen Klang, er evoziert auch eine gewisse Emotion, ein Bild oder ein Gefühl, aber er ist nicht semantisch korrekt. Gedanken wie diese tun so, als seien sie Gedanken, dabei sind sie nicht mehr als ein Echo von einmal gedachten echten Gedanken; sie haben Form und Inhalt verloren und existieren nur noch als Schatten eines gewesenen Gedankens. Sie existieren nicht nur unabhängig von Inhalt und Form, sie existieren sogar unabhängig davon, ob sie mir ins Bewußtsein kommen oder nicht. Mein Gedankenstrom ist nicht mehr als eine Körperfunktion des Gehirns, das diesen ständig produziert. Aber mein Ich findet sich nicht in diesen Gedanken. Ich mag zwar glauben, daß ich denke, aber die meiste Zeit denkt „es" in mir, und ich kann diesen Gedanken folgen und mich mit ihnen identifizieren, ich kann mich jedoch auch von ihnen trennen und mein Gewahrsein auf etwas anderes legen.

Es gibt eine Unterscheidung (Dürckheim: *Hara*), nach der die Identifikation mit den Gedanken die niedrigste Stufe menschlichen Seins bedeutet. Der Mensch, der sich mit seinen Gedanken identifiziert, ist ein Opfer seiner eigenen Willkür. Er sieht nicht, wozu er denkt und ist gefangen in seinen unmittelbaren Emotionen. Seine Gedanken denken nicht das, was er will, sondern er denkt, sein Wollen aus den Gedanken nehmen zu können. Da diese aber wild, „kopflos", ungeordnet sind, ist auch sein Wollen wild, kopflos und ungeordnet. Ein solcher Mensch kann sein Schicksal nicht gestalten, er kann es nur hinnehmen.

Die nächste Stufe sei der Mensch, der sich auf sein Herz verläßt. Das Herz ist der Herr der Gedanken. Das Herz gibt den Gedanken Sinn und Ziel. Wer aus dem Herzen heraus handelt, handelt mit seinem Willen. Er hat so die Möglichkeit, Gedanken und Emotionen zu beherrschen und sie in den Dienst der Sache zu stellen, für die er brennt. Er ist nicht mehr nur geworfen in das Rad des Lebens, das er zu tragen hat, sondern mit Willen und Kampf kann er sich über die Natur erheben und das schaffen, was er sich vorgenommen hat.

Aber auch dieser Mensch ist noch nicht frei, denn der Wille seines Herzens ist ihm Befehl, und er verbringt sein Leben damit, seinen Wünschen hinterherzurennen. Er hat eine gewisse Kontrolle über sein Leben gewonnen, aber er findet noch keinen Sinn in ihm, solange seine Herzenswünsche nicht aus einer tieferen Quelle gespeist werden. Und diese liegt im Bauch, im *Hara*, im *Dantien*.

Der erwachte Mensch ist nicht abhängig von den Wünschen seines Herzens. Der erwachte Mensch nimmt seine Wünsche und Ziele aus der Quelle seines Seins und seines Wesens. Er tut so nicht das, was er will, sondern das, was er zu tun hat. Er beurteilt die Welt deshalb nicht danach, ob sie ihm seine Wünsche realisiert. Sein Wunsch ist alleine, aus seiner Mitte heraus zu handeln und so das zu tun, was in diesem Moment angemessen und notwendig ist. Nicht mehr und nicht weniger. Der Wille des Herzens dient also nicht mehr einem konkreten Ziel, sondern stellt sich selbst in den Dienst des wahren Wesens, das in Verbindung mit dem überraumzeitlichen Erleben steht und so eine Verbindung zur allgemeinen Quelle des Seins hat. Von hier aus zu handeln heißt, im Einklang mit allen Wesen und Begebenheiten zu handeln, also das zu tun, was zu tun ist.

In dieser Sichtweise wird deutlich, daß die Gedanken und der Wille nur untergeordnete Phänomene dessen sind, was unser Wesen ausmacht. Ich bin nicht meine Gedanken, und ich bin noch nicht mal das, was ich will. Das sind alles nur Irrungen meines Geistes, die zu erkennen und zu überwinden sind auf dem Weg zur wahren Meisterschaft, zur wahren menschlichen Größe. Nein, nicht zur Größe, zum einfachen, ehrlichen, wahren menschlichen Sein. Es ist nicht das Ziel des Menschen, groß zu sein. Er mag groß sein, wenn er sich im Innersten erkennt, aber seine „Größe" spielt dann keine Rolle mehr für ihn.

26. Februar

Um 18.45 Uhr im letzten Abendlicht nach Hause gekommen. Der nun schon volle Mond ist im Osten aufgegangen und leuchtet in eine vorfrühlingshafte Februarnacht. Antje und ich haben gerade noch am See gesessen, den Schwänen bei der Landung auf der Wasserfläche zugeschaut, dem Spiel der kleinen Wellen unter den letzten Eisresten. Dabei haben wir die *kua*-Hocke geübt. Die ist wiederzufinden in den ersten Übungen des *Yi Jin*. Dort kommen noch die Arme hinzu, die die Streckung mit ausführen. So werden die Muskeln und Sehnen transformiert, so wird ein durchgängiger Energiefluß durch den gesamten Körper hergestellt, so sinkt das *Hara* in das *kua* und drückt sich durch die Energiekanäle wieder nach oben, in die Schulternester, in den Kopf, in die energetische Aufrichtung. Beide Bewegungen, die nach unten zur Erdmitte und die nach oben in den Himmel, repräsentieren den irdischen Lauf aller Dinge, die anschwellen und abnehmen, die ihren Höhepunkt erreichen und wieder vergehen, und so folgt auf den Sommer Herbst, Winter und Frühling, und der Atem in der Übung ist eins mit allen Dingen. Das ist das Ziel.

Seit uns klar ist, daß unser Glauben, unsere Art zu denken, unsere innersten Überzeugungen diejenigen des Taoismus sind und wir uns deshalb guten Gewissens Taoisten nennen können, entsteht auch eine leichtere Verbindung zu den höheren Dingen, weil der Weg klar ist. Die Verbindung zum Universum findet in unserem innersten Sein statt. Unser innerstes Wesen ist eins, ja, identisch mit dem Universum. Der Weg zur Erkenntnis aller Wahrheit führt über den Weg der Erkenntnis von sich selbst. Und die Erkenntnis von sich selbst, das ist ein Weg, der zu üben ist, und der sich üben läßt. Dafür gibt es die Meditation, dafür *QiGong*, und darüberhinaus steht jedes ernsthafte Bestreben im Leben im Dienste jenes Ziels. Ob getanzt, Musik gemacht, oder ob der Garten gepflegt wird, bei der Hausarbeit, bei der Büroarbeit, im Austausch mit anderen Menschen, immer geht es allein darum: den Weg zur Harmonie zu finden, die Dinge in ihr innewohnendes Gleichgewicht zu bringen, sich selber und seine Stellung im Universum zu klären und in Ordnung zu halten. Die Aufgaben zu tun, die zu tun sind, mit breiter Gelassenheit, wie Graf Dürckheim schreibt. Mit dem rechten Bauch, mit der rechten Mitte, frei sein von Anhaftungen, bereit sein für jeden neuen Augenblick. Das ist Taoismus, und es wäre vermessen, zu behaupten, daß wir so leben, aber das ist unser Ziel und unser Streben. Darum üben wir. Das ist unseres Lebens Sinn.

1. März

Vorgestern war Vollmond. Er war um 18.10 Uhr schon zehn Zentimeter über dem Horizont und leuchtete in eine klare und doch laue Nacht. Der Orion stand im Südwesten und links von ihm, recht dicht am Horizont ein heller, flackernder Stern, von dem ich gerne wüßte, welcher es ist oder wie er heißt und warum er so flackert.

Antje hatte Geburtstag, und dank zweier Überraschungsgäste waren wir schon wieder jenseits der erlaubten Grenzen der aktuellen Kontaktbeschränkungen. Aber wie soll man die Tür verschließen vor jemanden, der mit einem Strauß Blumen in der Hand zum Geburtstag gratulieren will? Ich möchte mich ja an die Gesetze halten, aber ich möchte mich nicht unmenschlich verhalten. Jedenfalls, wie dem auch sei, haben wir in der Nacht beobachtet, wie eine lange Reihe von Satelliten über den Himmel schwebte, einer Formation gleich, wie ein außerirdisches Schlachtgeschwader. Diese Satelliten kommen von Elon Musk und seiner Firma TESLA, und sie sollen ein weltumspannendes Netz bilden, eine Matrix, aus der die Menschen dann nicht mehr entfliehen können. So jedenfalls wirkt es, so sieht es aus. Wir sitzen hier als Bürger unseres Landes und sind gewohnt zu denken, daß wir Rechte hätten und Partizipationen, daß die Regierung unsere Vertretung sei, die, bei allen Fehlern und aller Korruption, letztendlich das Fortkommen des Landes im Blick hat und damit auch das größere allgemeine Wohl. Aber daß wir Rechte hätten, läßt sich so nicht sagen. Wenn wir nun alle krank gemacht und umgebracht werden, mit 5G, mit Impfungen, mit der entvitalisierten Nahrung, dann gibt es wenig, was wir dagegen tun können. Abgesehen davon natürlich, die eigenen Kräfte zu stärken, um nachher auf der Seite der Überlebenden zu stehen.

Auch wenn wir den Wahnsinn nicht teilen, werden wir offensichtlich gezwungen, ihn mitzumachen. Natürlich habe ich einen Router im Haus, und obwohl ich auch meistens daran denke, ihn zur Nacht auszustellen, läuft er tagsüber und wird benutzt. Wir haben *Smart-*

phones, wir schreiben über *WhatsApp*, ich habe meine *facebook*-Seite, ich schaue nach den Nachrichten und nach den Sportnachrichten, über *Telegram* halten wir uns über die Verschwörungstheorien auf dem Laufenden, die sich eine nach der anderen bewahrheiten. Daß wir Masken tragen müssen, weil sich bestimmte Bayern daran bereichern wollten, ist jetzt herausgekommen, führt aber nicht dazu, daß wir nicht mehr Maske tragen müssen. Daß die Maßnahmen vom März 2020 nicht auf objektiver wissenschaftlicher Einschätzung beruhen, sondern auf einem politisch motivierten *worst-case*-Szenario, auch das wurde sogar im Mainstream bedenkenlos kolportiert, sind wir doch weit jenseits dessen, daß wir die Lüge vom März 2020 als solche durchschauen und rückabwickeln könnten. Nun glauben alle der Lüge, auch wenn sie als Lüge enttarnt wurde, weil man sie oft genug wiederholt hat, um als Wahrheit zu gelten. Auch die Existenz von Chemtrails ist auf einmal Allgemeinwissen. Und Julian Assange ist immer noch im Gefängnis, weil es verboten ist, aufzudecken, was unsere Regierungen tatsächlich machen.

Über all das kann man sich mit gerechter Empörung ereifern, auf der Grundlage des Selbstverständnisses als freier Bürger, des mit Grundrechten gesegneten Menschen des 20. Jahrhunderts. Allerdings übersieht man dann, daß eine neue Zeit angebrochen ist, in der die alten Regeln nicht mehr gelten. Wer noch denkt, wir hätten Grundrechte und eine Demokratie, der mag in dieser Illusion bleiben, für alle anderen gilt: Augen aufmachen und versuchen, zu überleben.

3. März

Gestern war Sonnenuntergang um 17.44 Uhr. Ich war gerade beim *Yi-Jin*-Üben am Waldrand. Diese Stunde, die ich mir am Nachmittag nehme, um zu üben, ist wahres Gold wert. Ich komme wieder in meine Mitte, ich bin hinterher erholt und ausgeglichen.

Morgens allerdings habe ich keine Lust zu üben. Da sitze ich lieber am Computer und schreibe. Das ist sehr bequem und gemütlich, mit einer Tasse Kaffee, so kommen erst mal die aufdringlichsten Gedanken heraus und können thematisiert werden. Daß in den Schulen Masken getragen werden müssen, ist jetzt auf einmal selbstverständlich geworden, aber wir finden es ganz und gar nicht selbstverständlich. Stundenlanges Maskentragen, noch nicht mal mit Pausen, ist natürlich der Gesundheit sehr abträglich. Das Wiedereinatmen der verbrauchten Luft führt zunächst zu Sauerstoffmangel und allen damit verbundenen Phänomenen wie Müdigkeit und Konzentrationsschwächen. Der Körper ist in seiner Leistung heruntergesetzt, kann nicht seinen normalen Stoffwechsel produzieren, sondern sich nur auf Sparflamme aufrechterhalten. Es wird als gegeben hingenommen, und die Kinder leiden darunter. Es gab ja nicht mal ein Atemtraining, noch nicht mal den Hinweis, daß dringend mit der Nase zu atmen ist, um die Giftstoffe der ausgeatmeten Luft beim Einatmen durch die Nasenhärchen zu filtern, um wenigstens die schwereren Nebenwirkungen der Maske zu vermeiden, als da wären zum einen der Pilzbefall der Lunge und die Gefahr einer Lungenentzündung, oder auch der Schwitzmund mit seinen sehr unangenehmen Folgen wie wuchernder Akne. All das spielt keine Rolle. Der Sprachgebrauch für die Lehrer ist: „Die Maske ist zwar lästig, aber da müssen wir jetzt durch."

Die Schule übernimmt keine Verantwortung. Sie sorgt weder für Pausenzeiten noch für eine medizinische Einweisung, sie schult ihre Lehrer nicht, Probleme bei den Schülern erkennen zu lernen, und es gibt keine Handlungsanweisung für Schüler mit akuter Atemnot. Es wird so getan, als sei es jetzt normal, Maske zu tragen, als sei das absolut zumutbar und müsse nicht hinterfragt werden.

Wir haben dieser Tage noch eine Pause von dem Irrsinn, denn die Präsenzpflicht zum Schulunterricht ist aufgehoben, und so können wir Jonathan zu Hause lassen, aber das wird natürlich nicht lange anhalten. Auch wir müssen bald mitmachen.

Außerdem muß ich die Kinder jetzt zu ihrer Masernimpfung zwingen – Jonathan hat seit seiner Impfung im Dezember verhärtetes Gewebe um die Impfstelle herum. Und daß sie darauf verzichten, uns die Coronaimpfung aufzuzwingen, wird von Tag zu Tag unwahrscheinlicher. Zumindest wird man als asozial gegeißelt werden, will man sich verweigern.

Antje und ich mögen es zufrieden sein, die nächsten Jahrzehnte hier auf der Scholle zu verbringen, nicht zu reisen, keine Veranstaltungen zu besuchen; wir sind auf die Welt nicht angewiesen, aber die Kinder werden Ausbildungen machen wollen, sie werden von der Welt etwas kennenlernen wollen, und dafür werden sie sich impfen lassen müssen. Sie werden irgendwann geimpft werden wollen, um das zu tun, was die anderen auch tun dürfen, und sie werden sich impfen lassen, und uns bleibt dann nur zu hoffen, daß es sich tatsächlich nur um ein vorschnell entwickeltes Serum mit heftiger Immunreaktion handelt und nicht um ein Mittel zur gezielten Bevölkerungsreduktion.

Ich weiß eigentlich nicht, welche Vorstellung beunruhigender ist: die, daß die ganze Coronasituation eine kollektive Panik sei, ein Spuk, der irgendwann einmal zu Ende gehen muß, so wie alle Wahngebilde, oder daß dem ein gezielter Plan zugrundeliege, eine neue Weltordnung zu errichten, gegebenenfalls mit nur wenigen hundert Millionen Menschen als Erdbewohnern. Wenn es eine Panik ist, dann gibt es keinen Plan, uns umzubringen oder zu versklaven, aber dann haben wir auch keine Chance, den Herausforderungen der ökologischen Katastrophe in irgendeiner vernünftigen Weise zu begegnen. Dann werden die nächsten hundert Jahre von Bürgerkriegen und Hungersnöten gekennzeichnet sein. Oder aber es gibt den Plan, mittels der bewußt erzeugten Coronapanik eine neue Weltordnung zu errichten. Das Beruhigende daran ist, daß diese neue Weltordnung in der Lage wäre, auf die ökologische Katastrophe zielgerichtet zu reagieren. Das Beunruhigende ist allerdings, daß dieser Logik durchaus 95 Prozent der Menschen und auf jeden Fall unsere Begriffe von Freiheit, demokratischer Teilhabe und Selbstverwirklichung zum Opfer fallen können.

Beide Szenarien führen zu demselben Schluß: Es ist nun die Zeit, die Resilienz des eigenen Lebens zu erhöhen, zu trainieren, sich vorzubereiten auf das, was gegebenenfalls kommt. Und darauf zu hoffen, daß im Nachhinein alles nur halb so schlimm ist, daß wir dann doch in Ruhe gelassen werden, daß die Impfungen nur Impfungen sind, daß Antje und ich und unsere Kinder noch zwanzig, fünfzig, siebzig Jahre so leben können, wie wir gerne leben.

11. März

Ich habe jetzt einige Tage nicht geschrieben, nicht, weil nichts zu schreiben wäre, sondern eher, weil es schwierig ist, Worte zu finden angesichts der Ungeheuerlichkeiten, mit denen wir täglich umzugehen haben. Die Kinder müssen in der Schule Maske tragen, ohne Pause, einen vollen Schultag lang. Sie werden also bewußt und absichtsvoll krank gemacht. Aus welchem Grund? Da kann man nur raten.

Die Impfungen sorgen nun dafür, daß das Virus uns auch die nächsten Jahre erhalten bleibt. Immer neue Mutationen aufgrund immer neuer Impfungen, die immer mehr Todesfälle hervorrufen, durch die der Ruf nach mehr Impfungen lauter werden wird.

Ab April, so habe ich heute im Radio gehört, sollen in Deutschland fünf Millionen Impfdosen pro Woche zur Verfügung stehen, ab Juni zehn Millionen, und wenn man diese Zahlen durchrechnet, dann ist es spätestens ab August so, daß auch die Impfunwilligen geimpft werden müssen, um alle Dosen verabreichen zu können. Die Impfpflicht wird also kommen, und sie wird sehr schnell kommen.

So scheint es jetzt wichtig zu sein, sich mit Methoden auseinanderzusetzen, wie man die Impfung überleben kann. Ob es dafür eine Methode gibt, weiß ich nicht. Die Ausleitung der Gifte alleine reicht jedenfalls nicht, da es nicht um die Giftstoffe, sondern um die genetischen Informationen geht. Man muß letztlich die eigenen genetischen Informationen vor den genetischen Informationen des Impfstoffes schützen, und das geht im Grunde genommen nur durch eine energetische Beherrschung der genetischen Informationen durch Meditation auf allerhöchstem Niveau. Und doch ist die Hoffnung, daß, je gesünder der Organismus wird, er umso besser unterscheiden kann, was zu ihm gehört und was nicht, und daß man die Überlebenschancen steigert, indem man zunehmend bewußter wird und Herr über seinen Körper.

Antje allerdings sagt, sie sieht uns nicht geimpft. Wer weiß, wie dieser Kelch an uns vorübergehen kann.

Frage: *Was ist denn jetzt zu tun? Ist es gut, zu kämpfen, sich zu engagieren, in einer Partei tätig zu werden oder Gerichte anzurufen?*
Antwort: *Das politische Leben ist zur Zeit nahezu komplett vom Bösen beherrscht. Jede Beteiligung an der politischen Diskussion stärkt darum das Böse. Kämpfst du gegen das Böse, bietest du dich als Zielscheibe an und ermöglichst so die Ausdehnung des Bösen. Es ist darum wichtig, das Feld der politischen Auseinandersetzung zu verlassen, um höhere energetische Strukturen zu entwickeln und zu unterstützen.*
Frage: *Aber wenn das Böse die Politik vollkommen beherrscht, wie kann es dann überwunden werden?*
Antwort: *Du hast die Bibel gelesen. Es ist, wie die Propheten schreiben – Gott straft die Menschen für ihre Missetaten. Von zehn wird nur einer bleiben. Dann kann eine neue Gesellschaft gebaut werden.*
Frage: *Wie kann man sich denn schützen vor dem Unheil?*
Antwort: *Die Impfungen funktionieren wie Krebs. Die Zellen erhalten eine zerstörerische Fehlinformation. Genau wie Krebs kann auch das überwunden werden durch bedingungslose Liebe. Denn in einem liebendem Umfeld können die zerstörerischen Informationen nicht existieren.*

7. April

Antje möchte, daß ich das Coronatagebuch weiterschreibe, obwohl ich mich mehr auf allgemeine politische Überlegungen stürze, als auf eine tatsächliche Dokumentation unseres Lebens im Lockdown. Die Kinder gehen wieder zur Schule. Sie müssen dort Masken tragen. Offenbar wird das weitgehend klaglos hingenommen und wer dagegen aufmuckt, wird schon mal als komisch vorgemerkt. Diese neue Normalität ist schon sehr beängstigend. Ich meine, ich habe nichts dagegen, beim Einkaufen eine Maske zu tragen. Die Abstandsregel von 1,50 Metern setzt ungefähr das um, was durch das *Mae* eh vorgegeben ist, und zusammengenommen ist es schon ein zivilisatorischer Fortschritt, wenn man ein Bewußtsein dafür entwickelt, andere Menschen nicht an der eigenen Viruslastwolke teilhaben zu lassen, ganz egal, ob da jetzt tatsächlich unangenehme Viren sind oder nicht. In mein *Mae* gehört niemand herein, den ich nicht einlade. Masken in Geschäften oder in Menschenansammlungen, in vollen Bussen und Zügen haben daher durchaus auch objektive Vorteile.

Aber Kinder dazu zu zwingen, nicht nur in vorübergehenden Situationen, sondern durchgehend von 8 bis 15 Uhr Maske zu tragen, das ist wirklich ein Verbrechen. Sauerstoff ist die primäre Energiequelle des Lebens, und mitten in der Wachstumsphase wird den Kindern der Zugang eingeschränkt? Ich habe echt keine Ahnung, wie die Verantwortlichen das mit ihrem Gewissen vereinbaren können. Ich habe es schon schwer genug, es mit meinem Gewissen zu vereinbaren, mich dem Zwang zu beugen. Aber was bleibt uns übrig? Die Kinder müssen in der neuen Gesellschaft leben, ob es ihnen paßt oder nicht, und zwar zu den geltenden Regeln. Antje und ich können uns in unsere dörfliche Nische zurückziehen, das tun, was wir zu Hause zu tun haben, das Leben genießen. Aber für ein Kind, das erst noch hinaus in die Welt will, ist der Rückzug keine Option. Zumal die Kinder schulpflichtig sind, also gar keine Chance dazu haben, sich dem zu entziehen.

Dann werden jetzt überall die Testpflichten eingeführt. Die Kinder in der Schule sind noch nicht verpflichtet, und so sind wir auch da wieder einmal die bösen Widerständler, die ihre Einwilligung nicht geben. Ich weiß nicht, als einzige oder als fast einzige. Alle anderen finden es normal, daß Kinder mit positivem Ergebnis anschließend als Parias behandelt werden. Dabei scheint der Test selber ja gar nicht schlimm zu sein; man spuckt irgendwo drauf und hat dann zügig das Ergebnis. Klingt nicht so schlecht. Nur führt ein positiver Schnelltest gleich zu der Pflicht, das Ergebnis mit einem pcr-Test zu bestätigen, und bei einem pcr-Test schieben sie ein Stäbchen nicht nur in die Nase, sondern durch die Nase hindurch in die dahinterliegenden Kanäle, und damit durchstechen sie eine wichtige Schranke. Unsere Nase ist so gebaut, daß wir gut und sicher damit schwimmen können, und die Wege und Gänge im Inneren sind ein heikles Konstrukt, mit dem ein Leben in beiden Elementen führbar ist. Ob meine Angst, nach einem pcr-Test aufgrund der durchstoßenen Nasenschranke im See beim Schwimmen zu ertrinken, gerechtfertigt oder gegenstandslos ist, weiß ich nicht. Wahrscheinlich werde ich schon nicht ertrinken, aber darauf ankommen lassen möchte ich es auch nicht.

Wahrscheinlich ist es wie mit so vielem: wenn etwas erst mal zerstört ist, weiß man auch nicht mehr, wozu man es gebraucht hat und vergißt es. Der Mensch kann sich innerhalb von Wochen und Tagen daran gewöhnen, ein ganz anderes Leben zu führen. Deswegen sind die meisten ganz erstaunt, wenn man von einer Coronadiktatur spricht oder von einem Putsch gegen die Demokratie. Sie denken tatsächlich, sie lebten immer noch in der Demokratie der Jahrtausendwende, und es seien nur drastische, aber vorübergehende Maßnahmen, die in einem Infektionsgeschehen begründet lägen. Und das ist das, was einen so fassungslos zurückläßt.

Ist das Dummheit, oder hat das Methode? Beherrschen die Menschen nicht mehr die selbstgeschaffenen Systeme und sind deshalb so konfus, oder ist es im Gegenteil die genaue Beherrschung der

Systeme, die ein weltweit koordiniertes Handeln ermöglicht und uns in die Diktatur zwingt? Ist es Panik oder Verschwörung?

Angesichts der Zielstrebigkeit, mit der jede Opposition im öffentlichen Diskurs verleumdet wird, gibt es wohl nur noch wenig Zweifel daran, daß es eine Agenda ist, die umgesetzt wird. Der *great reset*, Bevölkerungsreduktion möglicherweise, auf jeden Fall Marktbereinigung, Monopolisierung und medizinische Erzwingungsgewalt über den Körper der sogenannten „Bürger". Man sollte „Untertanen" schreiben, das trifft es besser. Subjekte der Regierungsgewalt.

Das sind meine Überlegungen, wenn ich Tagebuch schreibe. Erzählt habe ich nicht wirklich was. Geklagt und gemosert habe ich. Ist es das wert?

8. April

Die Ferien sind vorbei, und die Kinder gehen wieder in die Schule. Mit Maske. Gerade habe ich in einem Artikel gelesen, wegen eines Virus, an dem 0,1 Prozent der Bevölkerung sterben, zwingt man Kinder zu Maßnahmen, die bei 30 Prozent zu psychischen Auffälligkeiten führen. Meine Güte, man kann nur andauernd den Kopf schütteln über die Maßnahmen.

Das Seminar zum Auraheilen, das stattfinden darf, weil es sich um eine Berufsausbildung handelt, hat jetzt die Auflage bekommen, daß die Teilnehmer sich testen lassen müssen. Damit bin ich raus, und nicht nur ich. Kirsten hat den Kurs um einige Wochen verschoben, aber die Regeln werden sich nicht wieder ändern.

Nachher wollen wir in der Stadt ein Geburtstagsgeschenk für Ingo kaufen, aber für das Shoppen gibt es jetzt auch eine Testpflicht, und wahrscheinlich kommen wir gar nicht erst in den Buchladen hinein. Also kann es nur eine Freßtüte aus dem Supermarkt geben, und das ist ein sehr pappiges Geburtstagsgeschenk. Und für *Amazon*, den großen Kriegsgewinnler, ist es etwas spät jetzt, da die Party schon morgen ist.

Party? Ist sicherlich auch verboten. Ingos Freundin wird da sein, sowie Ferdinand und Jonathan, und nun weiß natürlich niemand, wie die Bestimmung auszulegen ist, daß zusammengehörige Paare als ein Hausstand zu werten sind, und ob das auch für die Fünfzehnjährigen gelten kann, aber spätestens, wenn noch ein Gast hinzukommt, sind sie im illegalen Bereich. Ein gefundenes Fressen für den Denunzianten, den größten Schuft im Land, und dann darf die Polizei wieder ausrücken, Kindergeburtstage auflösen. Denn am Abend dürfen die drei, die morgens noch mit zwanzig anderen zusammen in der Schule waren, sich nicht treffen. Arbeiten ist erlaubt, Erholung verboten. Tanzen verboten, Gesundheitskurse verboten, Sport verboten, Arbeiten erlaubt. Musikunterricht verboten, Mathe erlaubt.

Und dann muß man sich belehren lassen, wir lebten ja nicht in einer Diktatur. Du darfst ja deine Meinung sagen. Oh ja, ich darf meine Meinung sagen, wenn ich keinen Job habe, auf den ich angewiesen bin. Ich darf meine Meinung auch äußern, solange sie im irrelevanten Nirgendwo des Netzes versickert oder im privaten Umfeld. Aber im öffentlichen Diskurs wird nur zugelassen, was nicht die Bürger verunsichern könnte. Deswegen wird Ken Jebsen gesperrt, deswegen wird auf *facebook* die *Ich-impfe-nicht*-Gruppe gelöscht, deswegen kommt in den überregionalen Zeitungen keine inhaltliche Kritik an den Coronamaßnahmen vor. Nichts, nada. Nur, daß die Demo mal wieder gewalttätig war. Aber ich war früher selber auf Demos und habe mitgekriegt, wie die Gewalttätigkeit hergestellt wird: Meistens durch *Agents Provocateurs* der Polizei. Meine Mutti würde das nicht glauben. Ist aber so.

Mittlerweile sind auch die Umfrageergebnisse getürkt. Das kam so: Lange Zeit erfreuten sich die Maßnahmen ja einer ungebrochenen Unterstützung der Bevölkerung. Es war gelungen, genügend

Menschen so große Angst vor dem Virus zu machen, daß sie all den Maßnahmen weitgehend und im Prinzip zugestimmt haben. Das konnte man nicht nur an den Umfragewerten ablesen, sondern auch daran, wie sich die Leute auf der Straße verhielten. Stets bemüht, die Regeln zu befolgen, sauber, gewissenhaft. Ende Januar, spätestens im Februar, fing da aber etwas an, sich zu ändern. Die Zustimmungswerte für die Maßnahmen sanken, und das sah man den Leuten auch an. Und Ende Februar war es dann soweit: Umfrageergebnisse wurden veröffentlicht, in denen eine Mehrheit nicht mehr den Lockdown unterstützte. War so. Ich weiß nicht, ob man das heute noch recherchieren kann, oder ob die entsprechenden Umfragen aus dem Netz genommen wurden. Jedenfalls sind seit Mitte März die Umfragen getürkt, mit einer gezielten Normverteilung von Unterstützern, Indifferenten und Gegnern, die die Verlängerung, den Ausbau und die Verschärfung der Maßnahmen rechtfertigen helfen sollen. Eine Umfrage des Nordkuriers, sicherlich nicht repräsentativ, aber auch keine Umfrage unter Gegnern, sondern unter Lesern, kam auf eine Ablehnung von zwei Dritteln. Und das entspricht eher dem, was ich auf der Straße in den Gesichtern der Leute lese. Es gibt eine große Unzufriedenheit und einen großen Frust, aber nur sehr wenig offene Wut und Empörung. Irgendwie schaffen sie es noch, die Emotionen zu deckeln. Auch mit gefälschten Umfragen. Denn solange ich mit meiner Empörung zur Minderheit gehöre, halte ich mich natürlich lieber bedeckt.

9. April

Daß die Pflicht zum Maskentragen auch auf dem Schulhof gilt, damit will ich mich nun nicht mehr abfinden. In der Schul-Corona-Verordnung ist ausgeführt, daß die Pflicht zum Tragen eines Mundschutzes nicht für die Schüler besteht, die sich innerhalb ihrer Lerngruppe und unter Einhaltung der Mindestabstände im Freien aufhalten. Unsere Kinder müssen aber in der Schule immerzu einen Mundschutz tragen (außer beim Essen und Trinken) und erhalten so ihre dringend notwendigen Maskentragepausen nicht. Ich habe einen Rechtsanwalt in Neubrandenburg angerufen, der gab mir die Telefonnummer einer Kanzlei in Bonn, und der habe ich mein Problem geschildert. Aber natürlich geht es da gleich darum, zu klagen, einen Rechtsstreit daraus zu machen, denn daran verdienen die Anwälte. Einfach nur eine Meinung einzuholen, darüber, wie das denn rechtlich zu bewerten ist, scheint in Deutschland nicht vorgesehen zu sein. Jedenfalls weiß ich nicht, wie.

Ich warte jetzt erstmal auf die Antworten des Schulleiters und der Kanzlei, und dann sehen wir, wie es weitergeht.

Antje sagte gleich: „Super, ich bin stolz auf dich, weil du dich kümmerst."

Aber ich bin mir da nicht so sicher.

Die rechtliche Welt ist eine trostlose Welt lebensferner Paragraphen. Gestern Abend gelang es mir bei der *Hara*-Meditation überhaupt nicht, mich zu konzentrieren, und das schiebe ich auch auf den Umstand, daß mein Geist mit der rechtlichen Problematik präokkupiert war, und die Welt des Rechts ist nun mal eine Welt der Dualität. In ihr wird die Dualität auf die Spitze getrieben, indem es immer um einen Streit geht, immer um diese Ansicht gegen jene, immer darum, wer „Recht" behält. Ich wollte mich nie auf diese Ebene einlassen. Rechtliche Siege sind immer Pyrrhussiege, nicht nur, weil sie einen Verlierer hinterlassen, der auf Vergeltung sinnt. Meist wird nicht inhaltlich, sondern formell entschieden, so daß es keinen Sieg in der Sache gibt, sondern nur einen Sieg in der konkreten Rechtsauseinandersetzung, einen Sieg des besseren Anwalts. Ein so erstrittener Sieg birgt keinen Segen. Wir müssen lernen, auf die rechtlichen Auseinandersetzungen zu verzichten und uns daran zu halten, was vernünftig ist, was gut ist, was konsensfähig.

11. April

Sonntag, und bis elf geschlafen. Es ist erstaunlich, wie schnell man in die Nachlässigkeit rutscht, wenn man es in der Disziplin schleifen läßt. Gut, die Tage sind länger geworden, aber das ist kein Grund, sich nach der Abendmeditation noch mal zwei Stunden vor das *Scrabble*-Brett zu setzen, um Buchstaben zu legen. Ansonsten war gestern ein schöner, arbeitsreicher Tag. Ich hatte den Graben für das Fundament der Feldsteinmauer ausgehoben, die wir vor unseren Parkplatz setzen wollen. Eine schöne Arbeit, anstrengend, aber befriedigend. Später mit Antje noch am Wald Übungen gemacht und eine Runde mit dem Fahrrad gefahren, dann noch etwas im Garten gearbeitet, und vor acht braucht man nicht rein, weil es so lange hell ist, dann erst Abendbrot, das kann schon mal neun sein, dann haben wir noch *Rommé* mit den Kindern gespielt, so wurde es fast schon zehn, dann die Abendmeditation, da war es schon nach elf, und dann nicht ins Bett gegangen, sondern irgendwie den Geist auf Trab gehalten. Schuld eigene.

Wenn ich wenigstens an den Computer gegangen wäre, um meine Seite zu schreiben – aber was soll es? Nun ist es so. Und Montag muß wieder früh aufgestanden werden, vorausgesetzt, die Schule findet überhaupt statt. Woher soll ich das jetzt noch wissen? Die Inzidenzwerte sind nach oben geschnellt, und nach dem Wortlaut des Gesetzes hätten die Kinder schon Freitag zu Hause bleiben müssen, aber irgendwie galt dann doch etwas anderes, und kurz, ich weiß schlicht nicht, ob Jonas morgen Schule hat oder nicht.

15. April

Die Tage hatte ich mich hingesetzt, die Abrechnungen für 2020 zu machen. Ich war auf einem richtig guten Weg gewesen. In den ersten Monaten des Jahres hatte ich Umsätze, die mir eigentlich erstmals erlaubten, von der Arbeit allein zu leben. Noch einige Schüler mehr, und ich hätte mich saturiert gefühlt.

Davon bin ich nun natürlich wieder weit entfernt. Einige Schüler habe ich verloren, neu bekommen keine. Manche zahlen immer noch, manche nicht. Insgesamt bin ich jetzt wieder auf dem Kleckerniveau, auf dem ich all die Jahre stagniert war. Keine Chance, davon zu leben, wären nicht die Mieteinnahmen.

Es macht mich wütend. Ganz klar. Ich war auf dem Weg, mein Leben in den Griff zu kriegen, es selbstbestimmt und erfolgreich zu führen, und dann kommt der Staat daher und verbietet mir meine Beschäftigung aus freier Willkür, angeblich, um Menschenleben zu retten. Aber die Waffenexporte laufen weiter, die 900 Millionen Hungernden werden hungernd gelassen, die Menschen in den Städten werden weiterhin krank von der schlechten Luft, die virtuelle Lebensweise trägt das ihre dazu bei, Prävention wird verboten, Sport und Bewegung, all das, was Menschen gesund hält, sie widerstandsfähig macht gegen Krankheiten, wird ihnen genommen, angeblich um sie zu schützen.

Aber wir wissen, daß das Gegenteil der Fall ist. Die Welt, so kann man es sehen, ist überbevölkert, und die Maßnahmen gegen Corona, das muß man ganz klar so sehen, zielen darauf hin, die Kontrolle über die Gesundheitsbelange der Bürger zu erhalten, um sie so zu einem geeigneten Zeitpunkt oder schleichend ermorden zu können. Die Menschheit zu reduzieren ist sicherlich eine vernünftige Maßnahme, angesichts der Zerstörungen, die der Mensch auf dem Planeten anrichtet. Zwar könnte man, gewisse soziale Rahmenbedingungen vorausgesetzt, auch mit so vielen Menschen verantwortungsvoll wirtschaften und auf dem Planeten leben, ohne ihn zu zerstören, aber da scheitern die Weltenlenker an sich selber. Sie kriegen es nicht hin. Also ist die Bevölkerungsreduktion, um den Euphemismus für Massenmord zu gebrauchen, eine vernünftige Lösung. Weniger Menschen, das heißt weniger Schadstoffe, weniger Verbrauch, weniger Flächenfraß, weniger Plastik, weniger Pestizide, möglicherweise sogar mehr Natur. Es ist ein vernünftiger Plan, besser jedenfalls als Klimapläne, die marktwirtschaftlich zu lösen versuchen, was marktwirtschaftlich nicht zu lösen ist.

Die Frage, die sich angesichts dieses Szenarios stellt, ist natürlich: Wie schafft man es, zu den Überlebenden zu gehören? Einerseits ganz einfach. Man muß halt zu den Reichen und Mächtigen gehören, die mit spezielleren Impfmitteln geimpft werden, nicht den tickenden Zeitbomben für's Volk. Ein Günter Jauch hatte sich öffentlich impfen lassen. Als er dann an Corona erkrankte, mußte er zugeben, daß er nicht wirklich geimpft wurde, sondern daß das nur ein Propagandafilm war. Uschi Glas, ebenso für die Propaganda gefilmt, wurde in den rechten Arm geimpft, später trug sie ein Pflaster auf dem linken Arm. Markus Söder hat sich schon achtmal publikumswirksam impfen lassen, und bei einigen dieser Filmchen ist auch zu sehen, wie die Kappe auf der Spritze noch oben dran ist. Oder war das jetzt ein anderer? Ich berichte hier keine Fakten, ich berichte über das, was ich als Fakt gesehen oder gehört habe, das, was jemand mir als Fakt dargeboten hat, mithin Hörensagen. Intentionale Zeitungsartikel, mit Absicht gepostete Filmchen, gefilterte Statistiken. Ehrlich gesagt wüßte ich auch gar nicht, woher ich jetzt objektive Fakten nehmen könnte. Mit Bildbearbeitung und Internet sind Lügen so schnell kreiert, da kommt keine Wahrheit hinterher. Und daß die offizielle Sicht der Dinge ganz einfach erstunken und erlogen ist, ist ja offensichtlich.

Also bleibt unterm Strich wieder einmal nur, sich auf das zu besinnen, was vor den Augen liegt. Das, was in meinem Leben passiert, passiert in meinem Leben, und das sind die Fakten. Alles andere ist Hörensagen. Und daß ich dieses Jahr nicht mehr das Geld verdienen kann, das ich letztes Jahr verdient habe, weil ich als „nicht systemrelevant" aussortiert wurde, das sind meine Fakten. Ebenso, daß die Kinder mit Maske zur Schule gehen müssen, weil die Regierungen verbrecherische Maßnahmen verhängen. Das sind die Fakten. Über alles andere kann ich nur spekulieren.

17. April

Ein kalter Wind aus nördlichen Richtungen zögert den Frühling hinaus. Tagsüber war es diese Woche oft kalt, windig, ungemütlich, und erst am Abend, zur Abendflaute, mochte man draußen etwas machen. Oft herrschte auch typisches Aprilwetter, mit warmer Sonne und kaltem Wind, mit plötzlichem Hagel und wieder aufgebrochener Wolkendecke. Den einen Tag stand ich draußen an einem der Mecklenburger Sölle, *QiGong* übend, während der Regen mich langsam durchnäßte, bevor die Sonne wieder herauskam. Das war herrlich!

Unser *QiGong*-Platz im Garten nimmt langsam Gestalt an, wir haben ihn jetzt mit viel Erde begradigt. Auf der einen Hälfte liegt schon Gras, für die andere Hälfte muß ich heute Grassamen kaufen, und dann ist noch die Mauer zu basteln. Mörtelsäcke schleppen, und dann jede Menge davon, ist nicht gerade meine Lieblingsbeschäftigung!

Am Montag ist schon wieder *homeschooling*. Ob die Inzidenzen nun hoch sind oder nicht, ob es keine freien Intensivbetten in den Krankenhäusern mehr gibt, weil man so viele Coronapatienten hat, oder doch, weil so viele Betten letztes Jahr abgeschafft wurden, ob das nächste Ermächtigungsgesetz jetzt wirklich und endgültig unsere Freiheit abschafft oder nur eine wohlgemeinte Reaktion auf eine vermeintliche Gefahr ist, woher soll ich das wissen? Ich habe jetzt gelesen – aber das sagt ja nichts –, daß es Wissenschaftlern in Amerika nicht gelungen ist, Coronaviren zu isolieren. Weil ihnen das nicht gelungen ist, haben sie die Proben an andere Universitäten geschickt, denen es auch nicht gelang, das Coronavirus zu isolieren. Alles, was sie fanden, waren Grippeviren. Und so, im Zusammenhang mit der Tatsache, daß seit März 2020 ja auch keine Grippe mehr diagnostiziert wird, sondern nur noch Corona, fange ich jetzt an zu denken, daß das Coronavirus tatsächlich nichts anderes ist als die aktuelle Grippevariante.

Das ist wohl mit „Leugnung" gemeint, und jetzt kann ich erstmals sehen, daß Coronaleugnung sehr wohl ihren Sinn hat, wahrscheinlich ist sie sogar der Kern der ganzen Geschichte. Niemals hätten sich die Leute dazu überreden lassen, aus Angst vor der Grippe einer genetischen Prophylaxe zuzustimmen. Mit der Impfung gegen Corona sieht es ganz anders aus. Und diese wird fortan mindestens jedes Jahr erneuert werden müssen. Das ist nicht nur ein riesiges Geschäft, das eröffnet auch die staatliche Kontrolle über die medizinischen Belange der Bürger, denn ob geimpft oder getestet, der medizinische Status entscheidet von nun an über die Dinge, die man tun darf oder eben nicht. Das beginnt mit dem Gang aus der Haustür oder sogar noch vorher. Die Unverletzlichkeit der Wohnung – so hörte ich das, keine Ahnung ob es stimmt – ist mit dem neuesten Ermächtigungsgesetz (oder wie auch immer sie das jetzt genannt haben) auch Vergangenheit. Jederzeit sollen Polizisten kontrollieren können, wer sich in deinem Haus aufhält. Nicht, daß du Geburtstagsgäste der Kinder versteckst.

Der Vergleich mit dem Ermächtigungsgesetz von 1933 drängt sich auf. Ich wollte gerade relativieren, wir haben zwar noch keine staatlichen Massenmorde, aber angesichts der Impfungen in den Altenheimen weiß ich nicht mal, ob das stimmt. Die Nebenwirkungen der Impfungen haben ja schon etliche Personen unter die Erde gebracht. Glaubt man den offiziellen Statistiken, dann sind es unter Millionen nur einige wenige, was an der Gesamtnützlichkeit der Impfungen nichts ändere – wobei man sich dann schon fragen kann, warum das Virus selber, das ja ebenfalls nur einige wenige tödlich trifft, dann nicht auch nur halb so schlimm sei –, aber glaubt man den kolportierten Berichten, die unter dem Radar der Zensur hindurchkommen, sind es erheblich mehr. Was weiß ich denn – vielleicht handelt man tatsächlich nur im besten Bemühen um die Gesundheit der Bevölkerung? Ja schon, allein mir fehlt der Glaube. Wenn es um Gesundheit und Menschenleben gehen würde, hätte man Maßnahmen gefunden, die Gesundheit und Menschenleben schützen. Oder sind die Menschen einfach so dumm, daß sie denken, ihre Maßnahmen könnten tatsächlich Leben retten? Nicht mal das kann ausgeschlossen werden. Die *Smartphones* haben unsere geistige Gesundheit in einem Maße zerrüttet, das man sich gar nicht vorstellen mag.

21. April

Muß ich tatsächlich erklären, warum eine verbundene Masken- und Präsenzpflicht an Schulen ein schweres Verbrechen ist? Liegt es denn nicht auf der Hand, daß es ein Verbrechen ist, Kinder an einen Ort zu zwingen, wo sie nicht gut atmen können? Ihnen die Sauerstoffversorgung zu reduzieren, die primäre Energiequelle des Lebens? Wie kann es nicht sofort jedem einsichtig und klar sein, daß das ein Verbrechen ist, Kindesmißhandlung, Folter? Wie können sich Menschen im Ernst hinstellen und das mit einem Infektionsschutz begründen vor einer Krankheit, an der die Kinder gar nicht erkranken? Etwa um die Erwachsenen zu schützen? Welcher Erwachsene hat es nötig, Kinder zu quälen, um sich zu schützen? Da müßte doch jeder empathische Mensch sagen, nein, dann verzichte ich lieber auf den Schutz. Wenn Kinder für mich leiden müssen, dann will lieber ich statt der Kinder leiden. Das ist normal, das ist menschlich.

Ich habe nichts dagegen, im Supermarkt meine Maske zu tragen. Gut, ich finde es übertrieben und lächerlich, aber aus Rücksicht auf die Angst der anderen mache ich es. Das tut mir nicht weh. Nicht wirklich. Und wenn ich in die Bahn steige, um nach Süddeutschland zu fahren ... aber, ich bewege mich sowieso aus meinem Landkreis nicht heraus, nicht, seitdem die Menschen alle verrückt geworden sind, wer weiß in welche Situationen mich das führen könnte!

Aber einmal angenommen, ich würde doch fahren und müßte dann einen ganzen Tag in der Bahn mit Maske sitzen, dann weiß ich mir mit Atemübungen zu helfen oder kann das Verlorengegangene am nächsten Tag aufholen. Ich rauche auch mal, wenn mir danach ist, dann fällt am nächsten Tag das Laufen schwerer, aber nach drei Tagen bin ich wieder auf dem Stand von vorher. Außerdem muß ich ja nicht nach Süddeutschland fahren.

Die Ärzte in den OP's kriegen Erschwerniszulage, weil sie Masken tragen müssen (ich habe noch nichts davon gehört, daß den Kindern etwa die Anforderungen gesenkt werden, weil sie unter der Maske ja nicht so leistungsstark sein können), aber wenn ein Arzt partout keine Maske tragen will und das in seinem Beruf nicht geht, kann er immer noch den Beruf wechseln und etwa Pferdefriseur werden. Nicht so das Kind. Es unterliegt der Schulpflicht, und das heißt, es muß in den Unterricht und hat da Maske zu tragen. Man könnte ja auch sagen, in der Schule müssen nun mal Masken getragen werden, das sei notwendig wegen der allgemeinen Panik, aber dann wenigstens die Präsenzpflicht aufheben. Damit eine Wahl bleibt. Damit es einen Weg gibt, wie ein Kind Kind bleiben kann. *Homeschooling* ist sicherlich nicht immer und für alle Zeit eine gute Idee, aber wenn man wählen könnte zwischen *homeschooling* und Präsenzzeiten – an zwei Tagen in der Woche, an vieren, je nachdem, wie lange man sich zutraut, die Maske tatsächlich zu tragen –, dann haben wir kein Problem. Wer Probleme mit dem Maskentragen hat, kann zu Hause lernen, wer Probleme mit dem *homeschooling* hat, kann mit Maske in die Schule – das wäre eine saubere Lösung. Immer noch unsinnig, weil einer unsinnigen Panik geschuldet, aber wenigstens nicht verbrecherisch. Denn verbrecherisch ist es, Kinder zu erschwerter Atmung zu zwingen. Ob Folter, wie das Weimarer Gericht sagt, mag dahingestellt bleiben. Ich verstehe unter Folter eigentlich mehr das direkte intentionale Quälen von Menschen durch Menschen, aber formaljuristisch ist die Weimarer Behauptung stichhaltig.

Jedenfalls – dies die eigentliche Aussage dieses Elaborates – wie kann es sein, daß dies nicht jedem sofort einsichtig ist? Wenn ich einem fremden Kind die Hand auf den Mund legte, so daß es nur noch wenig Luft bekäme, ich würde doch zu recht festgenommen und verurteilt werden! Und das ist jetzt staatlich verordnet! Also ein staatlich verordnetes Verbrechen gegen die Menschlichkeit, gegen die Grundrechte, gegen die Kinder.

Als Taoisten üben wir uns in der Kunst, das, was ist, zu akzeptieren. Es fällt schwer, aber genau das ist die Aufgabe. Wenn Du zur Front gehst, so sagt auch Ken Jebsen, der kluge Mann, spielt es keine Rolle, ob Du rechts stehst oder links. Du gehst zur Front. Klüger ist es, nicht zur Front zu gehen. Es spielt keine Rolle, wie die Verhältnisse sind, Du leidest nicht unter den Verhältnissen, Du leidest unter Deinem Kampf gegen die Verhältnisse.

Deswegen ist es jetzt eine Aufgabe, auch diese und die neuesten Zumutungen der faschistischen (jetzt habe ich das Wort doch benutzt, aber es liegt so unmittelbar auf der Hand) Regierung zu akzeptieren, und das Beste daraus zu machen. Die Kinder zu Atemübungen anzuleiten, um sie vor den schlimmsten Folgen zu bewahren. Meditieren, um nicht panisch zu werden angesichts einer Regierung, der unser Leben nichts gilt. Das ist die eigentliche, die spannende Aufgabe dieser Tage. Mal gelingt es besser, mal schlechter, aber wir üben, also geht es voran. Macht es selber auch gut, und liebe Grüße an alle, die noch Mensch geblieben sind!

22. April

Das Akzeptieren der Verhältnisse, wie sie sind, ist ein wesentlicher Schritt hin zur Befreiung aus den Grenzen des Ego. Solange ich die politische Lage beurteile, solange ich es gut oder schlecht finde, was hier oder dort passiert, kann ich von Freiheit nicht sprechen, denn ich selber bin ja nicht frei. Es liegt keine Freiheit darin, die Maßnahmen oder die Meinungen anderer Leute zu hinterfragen. Freiheit liegt darin, sich davon nicht beeindrucken zu lassen.

Wenn ich keine *QiGong*-Kurse geben darf, weil es subversiv ist, sich selbsttätig um seine Gesundheit zu kümmern, dann kann ich vielleicht Einzelstunden geben. Wenn ich auch das nicht darf, dann bleibt nur, alleine zu üben. Was kümmert es mich? Wenn alle Kontakte verboten sind und ich fortan mein Leben allein auf meiner Scholle verbringen soll, versorgt von Paketdiensten – nicht daß ich noch anfange, über den eigenen Garten mich selbst zu versorgen, das wäre sicherlich nicht im Sinne der Maßnahmen –, dann verbringe ich mein Leben allein auf meiner Scholle.

Muß ich deshalb unglücklich sein? Nein, denn da beginnt meine Freiheit: in den Grenzen dessen, was ich tun darf. Das mag mit meiner bürgerlichen Vorstellung von Freiheit nichts zu tun haben, aber ich muß begreifen, daß meine bürgerliche Vorstellung von Freiheit einfach nur das ist: meine bürgerliche Vorstellung. Aber die ist Teil meines Egos. Schon, daß ich ein Bürger sei, ein mündiger, wie es so schön heißt, ist ja nur eine Fiktion des Egos. Als hätte ich Teilhabe an den Entscheidungen der Politiker. Nein, ich bin ein Untertan. Ich habe keine Verantwortung, als die, die mir mein Leben gibt. Und das heißt, da wir alle so wahnsinnig geschädigt sind durch die Traumata unserer Eltern und Großeltern, aus den Kriegen, die noch aufzuarbeiten wären, durch die Entfremdung von unserer natürlichen Lebensart, durch den gesellschaftlichen Zwang zu widernatürlichen und widervernünftigen Verhaltensweisen, durch all dies und noch mehr bedingt, kann es für mein Leben nur eine Hauptaufgabe geben, nämlich, den Weg zur Gesundung zu gehen. Die Traumata überwinden, die falschen Gewohnheiten durchbrechen, die Verbindung zur Quelle des Seins in mir wiederaufbauen und nähren. Was meine Aufgabe sein wird, wenn ich soweit gesundet bin, daß es sinnvoll ist, über den Tellerrand hinauszuschauen, kann ich jetzt nicht sagen. Es ist nicht wichtig, wie und warum und wodurch ich in der Welt wirke. Wichtig ist, daß ich mein Licht entfalte. Aber kümmert es die Sonne, worauf sie scheint? Nein, sie spendet Leben und strahlt. Und so ist auch mein oder Dein Licht – es strahlt, wo immer es auch hinfällt. Wichtig ist nur, daß es strahlt.

Und das ist zu üben. Mittlerweile begreifen wir, Antje und ich, die Übungen der Meditation immer genauer. Jetzt haben wir gelernt, den Gedankenstrom vom Geistesstrom zu unterscheiden. Der Gedankenstrom ist nichts anderes als die stetige Arbeitsleistung des Gehirns. Das Gehirn produziert unablässig Gedanken. So wie das Herz Blut durch unseren Körper pumpt, so pumpt das Gehirn Gedanken durch unseren Kopf. Unser Bewußtsein kann sich darin einklinken und macht es meistens. Das, was ich den ganzen Tag so vor mich hin denke, sind diejenigen Ausschnitte meines Gedankenstroms, die ich ins Bewußtsein kommen lasse. Andere Gedanken denken sich nur so vor sich hin und werden von mir, von meinem Tagbewußtsein, nicht bemerkt. Die allermeisten werden nicht bemerkt. Aber die, denen ich folge, genügen, daß ich den ganzen Tag mit ihnen beschäftigt bin.

Wenn Du Deinen Gedanken aufmerksam folgst, wirst Du merken, wie unabhängig sie von Deiner Aufmerksamkeit sind. Sie entstehen immerzu. Und dann entdeckst Du verschiedene innere Monologe in ihnen, empörte, rührselige, tatkräftige, hassende, sehnsüchtige. All das sind nur Gedanken, die in Deinem Kopf entstehen, weil er eben unablässig Gedanken erzeugt.

Etwas ganz anderes ist der Geistesstrom. Er wurzelt im *Hara* und hat von dort eine Verbindung zum dritten Auge, zu den Füßen, zu Himmel und Erde. Der Geistesstrom kreist nicht im Kopf, sondern schwingt durch den gesamten Körper und verbindet den Körper mit dem ihn umgebenden Universum. Er zeigt sich nicht in Gedanken, sondern im Gewahrsein.

Gehirnforscher können diese beiden Zustände anhand der Wellenlänge der Arbeitsfrequenzen im Gehirn gut unterscheiden und sprechen vom Gewahrsein als dem „Alpha-Zustand", einem Zustand höchster Aufmerksamkeit bei gleichzeitiger Entspannung, auch bekannt als *Flow*.

Es ist also nichts wundersames, keine mystische Erleuchtung, dem normalen Geist unzugänglich, sondern eine Erfahrung, die auf die eine oder andere Weise die meisten Menschen kennen. Wenigstens in der Liebe. Dennoch, im Alltag übernimmt dann wieder der Gedankenstrom das Bewußtsein, und nichts ist es mehr mit dem göttlichen Gewahrsein. Man ist hin- und hergeworfen von all den äußeren Einflüssen, die das Gehirn unablässig mit ihren Eindrücken zu irgendwelchen Schlußfolgerungen zwingen. Diesen Kreislauf gilt es zu durchbrechen. Laß das Gehirn arbeiten, es denkt sowieso, ob Du ihm Deine Aufmerksamkeit schenkst oder nicht. So ist es auch etwas mißverständlich, wenn es heißt, in der Meditation ginge es darum, nicht zu denken. Genauer müßte es heißen, es gehe darum, die Aufmerksamkeit von den Gedanken zu lösen, um zum Gewahrsein zu gelangen. Aus dem Sumpf der kreisenden Gedanken herauszuklettern und sich auf die breite Straße des Geistesstromes zu begeben. Das ist die Aufgabe.

Die Maßnahmen der Regierung sind eine gute Gelegenheit, genau das zu üben. Sie können mir keine Freiheit wegnehmen, da ich eh nie frei war. Aber sie geben mir die Gelegenheit, die Fallen meines Egos zu erkennen und mich von ihnen zu befreien, um mich so der tatsächlichen, der von innen kommenden Freiheit, weiter anzunähern. Auch dafür ist der Lockdown gut.

24. April

Die Friseurin, die zu uns nach Hause gekommen ist, erzählt, daß sie unter der Maske nicht habe arbeiten können und Atemprobleme bekommen hätte. Einmal sei sie sogar umgekippt. Da sei sie zum Arzt gegangen und habe sich eine Maskenbefreiung ausstellen lassen. (Auf die Idee, sich einfach krankschreiben zu lassen, war sie nicht gekommen.) Daraufhin hatte man ihr gekündigt.

Jonas hat sich das angehört und fragt hinterher: „Und ihr wurde echt gekündigt, weil sie eine Maskenbefreiung hatte?"

„Das hast du doch gehört!"

Vielleicht ist es ja doch kein Unsinn, was die Eltern erzählen und hier ist etwas gewaltig faul.

25. April

Ausgangssperren gelten, Kontaktbeschränkungen, mit drakonischen Strafen bei Übertretungen. Der neue Zauberinzidenzwert liegt bei einhundert, ein Wert, der bei genügend Testungen allein durch die falsch positiven Testergebnisse erreicht werden kann. *Lockdown forever* also. Bis zur Impfung, die dann offenbar doch als Freifahrtschein gelten soll. Grundrechte nur für Geimpfte, Genesene, Getestete. *That's the new reality.*

Die Impfungen jedenfalls scheinen, das weiß man nicht so genau, weil alle offiziellen Quellen das Gegenteil zu behaupten bemüht sind, heftige Nebenwirkungen auszulösen, die nicht nur im Ausnahmefall zum Tode führen. Aber wie viele daran sterben, vermag keiner zu sagen. Offiziell einige wenige unter Millionen. Unter der Hand mag die Sache ganz anders aussehen. Mein persönlicher Verdacht ist ja, daß alles das, was seit Februar als dritte Welle verkauft wird, in Wahrheit Impfkomplikationen sind, und daß die Impftoten einfach als Coronatote in die Statistik eingehen.

Nun, wie dem auch sei – die ständigen Impfungen, das allgegenwärtige und nie zu beendende Maskentragen, das Verbot von Freizeit und Erholung, werden sich früher oder später in Todeszahlen ausdrücken, allen Statistiken zum Trotz. Der Krieg gegen die Bevölkerung hat also längst begonnen.

Unsereiner möchte sich darauf vorbereiten. Der Notvorrat ist angelegt, obwohl davon auszugehen ist, daß der Hunger erst am Ende der Krisen kommt, nachdem alles zusammengebrochen ist, nicht, solange die Infrastruktur funktioniert. Der Hunger kommt immer am Ende des Krieges, nicht am Anfang. Ein privater Notvorrat ist im Ernstfall auch schnell geraubt, so daß er keine Versicherung für schlechte Zeiten ist. Die einzig wirkliche Versicherung ist, die Nerven im Griff zu behalten, um fasten zu können, wenn man hungern muß; um einen Ausweg zu sehen, wo man verzweifeln will; um angemessen reagieren zu können, wenn man Ungerechtigkeit und Gewalt erfährt.

Das heißt natürlich, meditieren. Und folgendes Ziel kommt hinzu: in der Meditation seinen Körper so beherrschen zu lernen, daß er den Impfstoff, wenn man ihn denn nehmen muß, als Fremdkörper erkennt und wieder ausscheidet. Daß man die genetische Umprogrammierung verhindert und seine Immunfunktionen behält. Möglicherweise hilft dann eine basische Ernährung. Trotzdem, auch wenn gewisse Erfolge auf diese Weise zu erzielen möglich sein werden – einen Schutz vor der Impfung gibt es auf diese Weise nur als höchstentwickelter Adept der innersten Techniken. Man muß praktisch schon unsterblich sein, um sich gegen eine solche genetische Umprogrammierung von innen wehren zu können. Das zu erreichen braucht Jahre und Jahrzehnte konsequenter und richtiger Übung, aber wer weiß… Wenn es gebraucht wird, ist es vielleicht auch als Wunder verfügbar. Die Mutter Maria hat zwar ihre irdische Residenz verloren, aber da ist sie immer noch, genau wie der Erzengel Michael und all die anderen Wesen, die uns helfen, wenn wir sie nur darum bitten. Das Vertrauen in das Licht kann durchaus ersetzen, was uns an technischer Übung noch fehlt, vorausgesetzt, die Geisteshaltung ist hinreichend geklärt.

Es gibt also Hoffnung. Es gibt immer Hoffnung, und so lange wirtschaften wir in unserem Garten herum, machen unsere Übungen und leben so, wie es zu leben geht. Es geht ja sehr gut jetzt, die Kinder müssen nicht zur Schule, der morgendliche Streß fällt weg.

Ich hatte mich schon immer gefragt, ob dies nicht eine gewaltige Einschränkung des Grundrechtes auf freie Entfaltung der Persönlichkeit ist, daß Kinder zur Schule zu gehen haben, und zwar nicht nur als Lernkontrollinstanz, sondern täglich und ohne Ausnahme, außerdem zu einer Zeit, die in einen bestimmten Lebensrhythmus zwingt, einen Rhythmus, der den Bedürfnissen von Jugendlichen diametral entgegensteht. Schule ist schon ein erheblicher Grundrechtseingriff, und allein daran kann man sehen, daß die Grundrechte außer schönen Formulierungen nicht viel zu bieten haben.

Freie Entfaltung der Persönlichkeit klingt gut, aber von meinen bis hierhin 49 Jahren sind bislang 21 im Rhythmus des Schulalltags erfolgt, und innerhalb dieses Rhythmus kann von einer freien Entfaltung der Persönlichkeit keine Rede sein, vielleicht abgesehen von den fünf Jahren, die ich über die Schulpflicht hinaus für das Abitur aufgewendet habe. Zu denen wurde ich ja nicht gezwungen, insofern kann ich da nicht von einer Verletzung meines Rechts sprechen. Aber auch 16 von 49 Jahren sind mehr als eine vorübergehende Einschränkung. Sie sind ein essentieller Eingriff und zeigen, daß die freie Entfaltung der Persönlichkeit – auch die Menschenwürde der Schüler ist in der Schule durchaus nicht immer geschützt – ein Recht ist, das ich im positiven Sinne nicht besitze und nie besessen habe.

Allenfalls ist es mir möglich, meine Persönlichkeit frei zu entfalten, trotz der Gesetze und Grenzen um mich herum, und die Freiheit im Korsett zu entdecken. Die, so lehrt es der Taoismus, die einzige Freiheit ist, auf die es ankommt. Es hat keinen Zweck, gegen die äußeren Grenzen zu revoltieren. Allein die inneren Grenzen zu überwinden liegt in deiner Macht. Und das ist zu üben.

Was noch zu sagen wäre...   *27. April*

DER SPIRITUELLE ASPEKT
DER CORONA-KRANKHEIT

Meine Texte dieser Wochen oszillieren zwischen der gerechten Empörung auf der politischen Ebene und dem spirituellen Weg. Dabei traten diese oft als Gegensätze auf, entweder der Empörung zu folgen oder dem Weg des spirituellen Erwachens. Das Problem dabei ist, daß aus beiden Sichtweisen heraus die jeweils andere wie ungültig wirkt. Bin ich gefangen in der politischen Ebene des Denkens, dann ist das Bewußtseinstraining nicht mehr als eine persönliche Ablenkung, die Flucht ins Private. Dabei ist aus der spirituellen Sicht das Politische die Ablenkung, das Sich-gefangen-nehmen-lassen von der Spirale der Angst, wobei die Angst vor den Maßnahmen und vor den politischen Folgen kaum eine wesentlich andere ist als die gezielt geschürte Angst vor dem Virus. Angst ist Angst, und Angst macht krank.

Nicht das Virus ist es, das krank macht, es ist die Angst und die Fremdbestimmung, das Sich-fremd-bestimmen-lassen von einer Sicht auf die Welt, die nicht die meine ist. Dagegen revoltiert das Immunsystem, und das ist das, was sich als Krankheit zeigt. Das Virus, als etwas Fremdes im Körper, wird von diesem als Fremdes erkannt und angegriffen. In das System hinein kam es aufgrund einer seelischen Prädisposition, denn nur die Seele, die sich manipulieren läßt, die nicht ihren eigenen Weg verfolgt, die fremden Gedanken anhängt, nur diese Seele kann sich von einem Virus (von etwas Fremdem, nicht Zugehörigem) beeindrucken lassen. Die Krankheit ist immer ein Ausdruck eines seelischen Ungleichgewichts, und das seelische Gleichgewicht wiederherzustellen beseitigt die Krankheit. Das ist nicht coronaspezifisch, das gilt für jede Krankheit und immer, auch für Unfälle, auch für die ungerechtesten Schicksalsschläge.

Alles folgt einem inneren Plan, und die Abweichung von dem Plan zeigt sich im Unglück, die Übereinstimmung mit dem Plan zeigt sich im Glück.

Das ist die spirituelle Sichtweise auf Krankheit, und sie ist in der Tat ein „Schlag ins Gesicht" nicht nur der materiellen Weltsicht, sondern auch der religiös-institutionalisierten, denn es heißt nichts anderes, als daß der Mensch selbst für seine Gesundheit und sein Glück verantwortlich ist. Kein Gott, kein Priester, kein Arzt, kein Wissenschaftler kann einem diese Verantwortung abnehmen.

Aus dieser Sicht wird auch deutlich, warum die Proteste gegen das Regime nicht fruchten können: indem sie aus einer Angst motiviert werden, sind sie nicht in der Lage, in positiver Weise zu wirken. Angst ist Angst und macht krank. Natürlich haben mit der Maske mehr diejenigen Probleme, die Angst haben vor ihr, wie auch mit Corona mehr diejenigen ein Problem erfahren, die Angst vor der Krankheit haben. Wer Angst hat vor dem Regierungshandeln und sich anfängt zu wehren, der läuft damit in genau das Regierungshandeln hinein, vor dem er Angst hat. Wer anfängt, sich vor Corona zu schützen, weil er Angst vor der Krankheit hat, sich womöglich impfen läßt aus Angst, der schafft in sich die besten Voraussetzungen dafür, von einem Virus heimgesucht zu werden.

Angesichts dieser Tatsachen ist es wichtig, die gerechte Empörung über die politischen Verhältnisse dort zu lassen, wo sie hingehört: in die engen Grenzen des politischen Diskurses. Politik ist ein Schlachtfeld der Materie, und insofern wir in der Materie leben, kann uns dieses Schlachtfeld nicht unberührt lassen. Aber es ist nicht der Kampf der Seele, der dort ausgefochten wird. Die Seele hat ihre eigenen Aufgaben, und wenn Empörung auch ein Anzeiger ist für Mißstände, denen dann gegebenenfalls durch Mitgefühl abgeholfen werden kann, so ist sie an sich nicht genug Grund zum Handeln. Das Mitgefühl ist es. Man kann die Empörung auch nicht einfach negieren und so tun, als sei sie nicht da, wenn sie doch da ist. Das machen viele Menschen und verstecken sich in ihren kognitiven

Dissonanzen. Sie glauben nicht das, was sie längst wissen könnten, sie reden sich etwas ein, von dem sie ganz genau wissen könnten, daß es so nicht ist. Das ist natürlich nicht der Weg zur Befreiung.

Der Weg zur Befreiung, wenn er denn über die politischen Betrachtungen führt, ist immer noch der gleiche, den auch Shi Heng Yi vorschlägt: *Know your thoughts, accept your thoughts, change the thoughts you need to change, stop identification* (vgl. S. 16). Auch wenn wir jetzt in einem faschistischen Unrechtsstaat leben, heißt das nicht, daß wir den ganzen Tag mit dem Kopf gegen die Wand rennen müssen, nur um unseren Protest auszudrücken. Nein, das ist die politische Analyse und mehr nicht. Die seelische Aufgabe ist davon unberührt.

Vielleicht ist es Deine Aufgabe, Dich politisch zu engagieren, dann tu das. Vielleicht ist es aber auch nicht Deine Aufgabe, dann tu das, was Du zu tun hast. Sei Dir bewußt, wie die Verhältnisse um Dich herum sind, das ist wichtig, aber nimm sie als gegeben hin und mach das Beste daraus. Das ist der spirituelle Weg.

Was nützt es, den Handlangern des Faschismus vorzuwerfen, daß sie Handlanger des Faschismus sind? Was bringt es hingegen, einen Menschen an sein innerstes Seelenlicht zu erinnern, daß er wieder anfängt, an sich selber zu glauben? Ersteres führt zu Kampf und Mißgunst, zu Streit, Angst und zur letztlichen Vernichtung. Letzteres führt zu Erkenntnis und Genesung, zu Mitgefühl und letztlich zur Erlösung.

28. April

Das Coronavirus ist aber auch im engeren Sinne nicht unabhängig zu sehen von der Zeit, in der es entstanden ist. Seit einem guten Jahrzehnt hat das *Smartphone* die Welt erobert, genug Zeit, um unser Leben grundlegend zu ändern, nicht genug Zeit, um zu verstehen, welche Nebenwirkungen damit verbunden sind.

Eine Vielzahl an Menschen ist von dem neuen Informationsangebot schlicht überwältigt. Vor der Coronakrise sah man im öffentlichen Raum mehr und mehr Personen, die, in ihr Handy versunken, keinen Kontakt mehr zu ihrer Umgebung hatten. Schüler auf dem Pausenhof, die nebeneinandersaßen und auf ihr Handy glotzten, statt miteinander zu reden, Passanten auf dem Gehweg, die plötzlich stehenblieben, weil sie etwas in ihrem Gerät nachforschten, Autofahrer, die vor der roten Ampel schnell eine Nachricht absetzten und, und, und. Es entstand eine kleine Gegenbewegung, und man fing an, als unhöflich zu gelten, wenn man etwa in einem Gespräch auf das Telefon reagierte, oder beim gemeinsamen Essen zu surfen versuchte, eine vorsichtige Gegenbewegung zivilisierterer Menschen.

Man kann auf lange Sicht bestimmt ein Leben mit Handy führen, ohne es sich von diesem diktieren zu lassen. Es geht. Und so wurde es zum Luxus, den man sich leisten konnte, Zeiten der Nichterreichbarkeit zu etablieren. Das aber waren nur vorsichtige Pflänzchen neuer Verhaltensweisen. Ansonsten kennt es wohl fast jeder, der ein *Smartphone* besitzt, daß er sich mehr mit diesem Ding beschäftigt als objektiv gut und gesund ist. Man läßt sich Zeit rauben, die einem anschließend fehlt, man nimmt eine verkümmerte und introvertierte Haltung ein, die Brust fällt zusammen, der Kopf hängt herab, die Muskeln werden schlaff, das Gesicht ausdruckslos, die Gedanken sind nicht mit dem Hier und Jetzt beschäftigt, sondern mit dem Da und Dort. Abgelenkt also, entfremdet, entwurzelt. Wenn dann noch ein Job hinzukommt, der im wesentlichen aus Bildschirmarbeit besteht, haben wir Menschen, die sich mehr in virtuellen als in realen Räumen aufhalten. Und das ist unter gesundheitlichen Aspekten höchst problematisch. Wie sollen Körper, Seele und Geist zur Einheit finden, wenn der Geist überhaupt nicht „da" ist, sondern woanders?

An dieser Stelle setzt das Coronavirus an. Im Vergleich zur Grippe, deren Funktion Corona übernimmt, sind es ausgerechnet die Sinneswahrnehmungen, das Schmecken, das Riechen, das Hören, die von der Krankheit vermehrt angegriffen werden. Eine Coronakrankheit ist also die Aufforderung des Körpers, sich seine Sinne zurückzuholen. Der Kranke wird darauf gestoßen, daß sein Kontakt zur Außenwelt nicht mehr funktioniert. Das betrifft natürlich in erster Linie das größte Kontaktorgan, die Lunge, die für den Austausch des Innen und Außen zuständig ist, und setzt sich fort im Ausfall der anderen Wahrnehmungen. Die Krankheit läßt sich überwinden, indem wieder ein angemessener Kontakt zur Außenwelt hergestellt wird. Atmen üben, sehen, riechen, hören, schmecken üben, eine Klärung des Verhältnisses vom Ich zur Außenwelt, eine feste Bezugnahme zum inneren Wesen mit klaren Grenzen und Abgrenzungen einerseits und ebenso klaren Möglichkeiten der Kontaktaufnahme andererseits. Das ist die spirituelle Aufgabe des Coronapatienten, die spezifischere nach der allgemeineren Angstproblematik.

Man kann eine Krankheit nicht besiegen, indem man die Symptome bekämpft. Sie zu bekämpfen, ist nichts anderes, als sich mit der Krankheit zu arrangieren, zu lernen, mit ihr zu leben, beziehungsweise zunächst überhaupt zu überleben. Aber wer Corona hat und damit ins Krankenhaus geht, dort die schwersten Tage übersteht und wieder nach Hause geht, ohne sein Leben zu ändern, der ist natürlich anfällig für das, was man *Long Covid* nennt. Er hat die Krankheit nicht überwunden, denn dazu hätte er sein Leben ändern müssen. Er lebt jetzt mit der Krankheit und leidet an den entsprechenden Symptomen.

Wer sich mit den inneren Zusammenhängen der Welt beschäftigt, für den steht es nicht in Frage, daß jede Krankheit eine Chance ist: Durch sie lernen wir zu sehen, was in unserem Leben schiefläuft, wo wir falschen Gewohnheiten aufsitzen, wo wir falsche Zielsetzungen verfolgen, wo unsere Seele sich nicht so entfalten kann, wie sie es gern möchte. Wo wir uns also selber im Wege stehen. Denn erst der Leidensdruck führt zu der Bereitschaft, etwas zu ändern.

Wenn ich als Taoist krank werde, ist mein erster Reflex nicht, Mittel und Wege zu finden, wie ich wieder symptomfrei werde. Nein, ich lege mich ins Bett und sinniere darüber nach, was ich falsch gemacht habe. Das liegt selten genau auf der Hand, aber früher oder später kommt man auf eine relativ brauchbare Lösung, die gleichzeitig das Ende der Krankheit und der Beginn der Rekonvaleszenz ist. Es ist ja nicht so, daß man ein Buch aufschlägt, etwa von Rüdiger Dahlke, um die zur Symptomatik passende Lösung nachzuschlagen. Vielleicht kann so ein Buch einem eine Richtung weisen, doch die Lösung steht da nicht drin, denn die ist individuell und nur im konkreten Einzelfall gültig.

So ist die oben beschriebene Bedeutung der Coronaerkrankung auch nicht die Lösung für einen an Corona Erkrankten. Sie kann in eine Richtung weisen, in die man schauen sollte, mehr nicht. Was konkret nicht stimmt, ob derjenige sich einfach hat Angst machen lassen und deshalb krank ist, ob er schlechte Gewohnheiten hat oder zuwenig Gutes für sich tut, ob er zuwenig Kontakt zur Außenwelt hat, oder ob er von den Kontakten zur Außenwelt überwältigt wird, das ist die individuelle Forschungsaufgabe, die einem keiner abnehmen kann.

Ausgenommen Antje, die könnte Dir die richtigen Fragen stellen und sagt Dir nach einer Stunde genau, was Du tun mußt, um wieder gesund zu werden. Sie ist nämlich Meisterin in der Akupressurmassage und kann damit wahre Wunder vollbringen. Aber nicht mal sie nimmt Dir die Arbeit ab. Es gibt auf der ganzen weiten Welt genau einen Menschen, der Dich gesund machen kann, und das bist Du selber.

DIE GESCHICHTE,
WIE DIE PANIK BEGANN

Tagebuch 17. März–20. Mai 2020

17. März

Daß die Welt nicht in Ordnung war, wußten wir schon lange. Die warmen Winter, das Insektensterben, die große Dürre, die schlierigen Wolken, die nur graues Licht durchließen. Wissenschaftler warnten seit Jahrzehnten immer deutlicher vor den Folgen des Immer-weiter-so, das die Wirtschaftsbosse uns diktierten, und die Menschen taten ihr übriges. Voller Begeisterung stürzten sie sich auf die schöne neue Welt der Handys, des Internets, der Fluchtwelten, weil die reale Welt immer grauer und trauriger wurde, aber der Mensch scheint's zufrieden, solange er konsumieren kann, und die Autos fuhren immer weiter, jedes Jahr mehr, und die Flugzeuge flogen immer weiter, jedes Jahr mehr, und jedes Jahr wurde mehr Strom verbraucht, auf einmal gab es elektrische Mülleimer und intelligente Fenster und all solch Zeug, das keiner braucht, und die Steuererklärung ging nur noch per Internet, und wieder brauchte man Strom, und immer erreichbar sollte man sein, und alle wußten, daß das alles irgendwie unklug war, aber nur wenige standen dagegen auf, und die wurden verlacht, mit Schimpfnamen bedacht, verspottet, und die, die sie hätten unterstützen sollen, achteten lieber darauf, daß Frauen ein Sternchen in den Texten bekamen und wollten Fremde integrieren in eine Gesellschaft, die eh schon lange zerfiel, und wo es überhaupt nicht darum ging, irgendjemanden zu integrieren, die Menschlichkeit selbst wurde instrumentalisiert und zum Mittel des Hasses gegen Andersdenkende gemacht, weil niemand mehr wußte, wie es eigentlich geht, miteinander zu leben, und die Kriege rechtfertigte man damit, Menschenrechte zu verteidigen, und die Feindschaften rechtfertigte man damit, Menschenrechte zu verteidigen, bis die Menschenrechte nur noch eine Worthülse waren, die niemand mehr hören mochte, und nur die Freiheit war den Leuten noch wichtig, womit sie meinten: die Freiheit, Auto fahren zu können und im Internet in die selbstgeschaffene Meinungsblase einzutreten und sich von der realen Welt abzulenken.

Dann brannte die Notre Dame, und alle waren sehr betroffen, obwohl niemand verstand, daß der letzte Schutzpfeiler der Menschen, das Haus auf Erden unserer guten Mutter Maria, die uns immer beschützt hatte, daß dieser Knotenpunkt der heiligen Geometrie zerstört worden war und uns fortan nichts mehr blieb als Anker in dieser Welt, nur noch das Geworfensein ins Chaos, das immer größer wurde, und die Insekten fanden sich nicht mehr zurecht und starben, und die Vögel fanden sich nicht mehr zurecht und starben, und die Delfine fanden sich nicht mehr zurecht und starben, und die Robben konnten im warmen Winter keine Schneehöhlen mehr bauen, und ihre Kinder starben, und die Feldblumen wurden von den gierigen gps-Traktoren vertrieben, die Gift in jeden entfernten Winkel jeden Feldes sprühten, und die Flugzeuge griffen die Atmosphäre an, und dann brannten die Wälder in Brasilien und brannten monatelang, und dann brannten die Wälder in Australien und brannten monatelang, und die Luft auf der ganzen Welt war geschwängert vom Rauch, und die Menschen litten am trockenen Husten, und dann kam irgendjmand auf die Idee, den trockenen Husten einem Virus zuzuschreiben, und damit war die Urangst der Menschen geweckt, denn der Mensch traut sich alles zu, er besiegt mit seinen Flugzeugen und Helikoptern und Autos jede Distanz, jeden Berg, kein Winkel der Erde ist mehr unentdeckt, er bohrt sich in gewaltige Tiefen und schießt Satelliten in den Himmel, so daß er die Sterne nicht mehr von den Menschensternchen unterscheiden kann, und jede Herausforderung hat er gemeistert, und deshalb fürchtet er die Rache der Natur im Kleinsten aller Wesen, das er nicht sehen kann, das er nicht riechen kann, aber das ihm die Luft aus der angegriffenen Lunge schlägt und ihn quält und bestraft für seine Sünden, die er so überreichlich begangen hat an der Mutter Erde, dem Planeten, den er bewohnt, an seiner Mutter, die ihn genährt und großgezogen hat, die ihn die Liebe zu allem Lebendigen doch gelehrt hat, und die er verlacht, ignoriert und nach purem Belieben ausgenutzt hat, ohne Rücksicht auf ihre Grenzen, auf ihre Fähigkeiten und Mittel, den Reichtum verachtend, den sie freiwillig schenkt und raubend das, was sie nicht missen kann, weil es ihr Leben ist. Eine solch undankbare Brut sind die Menschen, die sich selber richten in ihrer Angst vor dem Virus, die sich in Panik, als hätte ihr letztes Stündlein geschlagen, auf einmal erinnern, daß sie nur Menschen sind und das Sterben ihr Schicksal ist, und daß nach dem Tod nichts zurückbleibt außer dem Leben, das gelebt wurde, aber nichts von den Reichtümern, die für dieses Leben eingetauscht wurden. Und so wirft er sich zu Boden und flucht und geißelt sich selber und gelobt heilige Besserung, wenn nur diese Geißel von ihm genommen werden würde, und die Erde fragt sich, was die nur haben, Krankheit und Tod waren schon immer des Menschen Los, aber diese Menschen haben das vergessen, in ihrem digitalen Wahn wähnen sie sich auf dem Weg in die Unsterblichkeit und haben sich selber schon lange vergessen.

Das alles muß man wissen, wenn man verstehen will, warum die Tage heute so sind, wie sie sind. Warum Menschen sich aus scheinbar heiterem Himmel unter die Diktatur der Regelungswut begeben, vor einem Virus zittern und das tun, was sie schon lange aus vernünftigeren Gründen hätten tun sollen: sich zurückziehen, kleiner werden, bescheidener werden, Demut lernen. (Wenn sie es denn täten, und nicht nur blinden Aktionismus gegen das Virus beweisen würden, im Hinterkopf den Gedanken, wann geht es wieder los, wann können wir weiter damit machen, die allerletzten Reichtümer der Erde zu plündern, ihr letztes bißchen Leben auszupressen, um in Stahlwüsten schließlich von *Indoor*-Pflanzen zu leben, (wenn nicht gleich die künstliche Intelligenz als Fortsetzung des menschlichen Lebens mit anderen Mitteln die Herrschaft über den Planeten übernimmt und die biologische Existenz als solche damit überflüssig macht.)

Es ist nicht so, daß sich für uns heute noch etwas tun ließe. Wir sind Zeugen des eigenen Untergangs und können allenfalls darauf hoffen, in bestimmten Nischen noch die eine oder andere Gnadenfrist zu bekommen, und vielleicht reicht das ja dazu aus, daß der menschliche Samen weiter durch die Zeiten getragen wird, durch die unvermeidlichen Kämpfe der Waffen, gegen die Drohnen und g5-Kameras, analoge Nischen in einer digitalisierten Welt ohne Leben, in der die Menschen nicht mehr gebraucht werden. Vielleicht ist das auch einfach Teil des Plans, die überflüssigen 95 Prozent der Menschen nun zu eliminieren, damit die Erde gerettet werden kann, und so ist diese Vorstellung nicht mal mehr eine Horrorvorstellung, sondern die letzte Hoffnung eines leidenden Planeten, daß irgendein Mensch es in der Tat in der Hand hätte, die Notbremse zu ziehen, daß es eine Verschwörung von Mächtigen gibt, die dafür sorgen, daß wir nicht hilflos dem Aussterben unter den Maschinen ausgeliefert sind, sondern daß wir herrschen können, so wie es die Bibel verlangt hat: *Macht euch die Erde untertan.** Vielleicht gibt es ja tatsächlich jemanden, der einen Plan hat. Was für eine grausame Hoffnung!

Dabei ginge es auch anders: Wenn wir uns dafür entschieden, in der Liebe zu leben, statt in der Gier, damit allein könnten wir uns die ganze Erde zurückholen, und niemand könnte etwas gegen diese Kraft machen. So einfach ist das.

18. März

Wie das Ganze angefangen hat, ist jetzt schon kaum noch nachzuvollziehen. Es begann mit merkwürdigen Nachrichten aus China, mit einer abgeriegelten Stadt und mit einer Krankheit und ihren Opfern. Zahlen, die im Grunde nie eine Größe hatten, die rechtfertigten, was dann geschah: die Abriegelung der Stadt, die Ausgangssperren, die Totalüberwachung.

Aber das war China. In China gibt es ein autokratisches System, das war schon immer so, und wir sind uns alle einig, daß es bei uns bei weitem nicht so schlimm ist. Außerdem – was das damit

---

* Vgl. *Altes Testament,* Genesis 1, 28.

zu tun hat, weiß auch keiner, es könnte aber ein Hinweis sein – ist Wuhan eine 5g-Ausbauzone. Aber nichts genaues weiß man ja immer nicht, die Nachrichten kann man sortieren nach der Ecke, aus der sie kommen: Die staatstragenden Medien stützen die Virusversion, aus der antistaatstragenden Ecke kommen die Theorien über Versuche, absichtliche Irreführung etc., etc., das ist alles so klar und vorhersehbar, im Grunde braucht man es nicht zu lesen. Es gibt die offizielle Version und die Dementi-Version, und sicher kann man eigentlich nur sein, daß beides nicht stimmt, nur einen kleinen Teil der Wahrheit zeigt, aufzeigen kann, weil wir sowieso nicht wissen, was wirklich passiert.

Wir sind ja als Bürger nicht berechtigt, die ganze Wahrheit zu kennen, und es ist auch nicht unsere Aufgabe, uns über alles Gedanken zu machen, wir wählen Volksvertreter, denen wir im besten Fall vertrauen und legen ansonsten – was bleibt uns anderes übrig? – das, was passiert, in Gottes Hand. Was für eine Hybris, zu denken, es könne anders sein! Was für eine Selbstüberschätzung an den digitalen Stammtischen, zu denken, man könne sich erklären, was los ist, man wisse Bescheid! Nein, wir wissen nichts, und das ist nicht nur ein Skandal, es ist auch gut so. Der Mensch tut gut daran, sich auf das zu besinnen, was vor ihm liegt, seine Mitmenschen, seine eigenen Probleme, von denen es genug gibt. Der Mensch kann sich seine Kleidung nähen und sein Brot backen, aber weil er heutzutage alles bequem kaufen kann, hat er viel Zeit, in der er über Dinge nachgrübelt, die ihn nichts angehen. Politik zum Beispiel oder das große Weltganze.

Aus dieser Position heraus haben wir die Nachrichten verfolgt – diejenigen unter uns, für die Nachrichten eine willkommene Form der Ablenkung sind – und beobachtet, wie das Virus in ihnen Fuß faßte. Aus Wuhan wurde China, aus China Italien und die Welt und schließlich Deutschland. In welchem Zeitraum war das? Ich weiß es nicht.

Am 29. Februar feierten wir Geburtstag, noch gänzlich unbetroffen von weitergehenden Maßnahmen. Die Gäste konnten anreisen aus Rheinland-Pfalz und Frankfurt/Main, wo ein erster Fall vermeldet worden war. Jemand fragte nach Desinfektionsmitteln, aber die waren merkwürdigerweise ausverkauft, ebenso wie die Atemmasken, die wir von Bildern aus China kannten. Das Thema wurde immer präsenter, aber noch war es nicht mehr als das: ein Thema, über das die Menschen redeten und sich aufregten, die Besorgten mit einem ängstlichem Unterton, die Unbesorgten mit einem spöttischen. Das Leben unterdessen ging weiter, hierzulande jedenfalls. In Italien, ich weiß nicht genau, wann das war, wurden die Maßnahmen schon drastischer.

Bei uns ging in der ersten Märzwoche das Leben noch weiter wie gewohnt, man wunderte sich über die Nachrichten, über den Wind, der wegen eines Virus gemacht wurde, den augenscheinlich die meisten Menschen schadlos überstanden, aber eben doch eine nicht unerhebliche Menge nicht, sei es, weil sie eh schwach auf der Lunge waren oder eine ungünstige Präposition hatten, sei es, weil die halbe Weltbevölkerung sowieso schon hustete, weil die Luft durch die zahlreichen Waldbrände so schlecht geworden war, aber darüber redete wirklich niemand, das war keine Nachricht wert, und davon wurde auch nichts verlautbart, so daß ich schon auf die Idee gekommen war, die Panik würde deswegen angesichts des Virus erzeugt, weil das Virus immer noch eine verstehbare, beherrschbare Gefahr darstellte, und wenn wir die Panik vor dieser überschaubaren Gefahr nicht hätten, dann würden wir erst richtig Panik kriegen, weil wir feststellten, daß wir aus Versehen unseren Planeten kaputt gemacht hatten und kein zweiter zur Verfügung stand, auf den wir notfalls aussiedeln könnten. Das war der Gedanke, der wirklich Panik erzeugen konnte, und um den nicht zuzulassen, geilten wir uns am Virus auf, der meinetwegen schlimm war, aber nicht annähernd so schlimm wie das Werk der Naturzerstörung, das wir seit einem guten Jahrhundert betrieben.

Die Maßnahmen waren indes die gleichen. Die Bevölkerung mußte jetzt dringend unter Kontrolle gehalten werden, die Reisefreiheit, das war das Wichtigste, wurde ausgesetzt, und wenn ich diese Krise nicht in Deutschland hätte durchstehen wollen, hätte ich bis zum Februar aussiedeln müssen. Jetzt war es zu spät, wir waren hier und gefangen und mußten nun durch, ob im Guten oder im Bösen.

19. März

Erst wurden die Großveranstaltungen abgesagt. Eine Messe beispielsweise. Österreich schloß die Grenze nach Italien. Man fing an, Warnungen auszusprechen und verbot Ansammlungen von über 1000 Menschen.

Als es an den Fußball ging, änderte sich die Stimmung. Bislang waren es nur Nachrichten, aber jetzt wurde es ernst. Der 25. Spieltag wurde noch normal durchgeführt, das war am ersten Märzwochenende.

Am Dienstag gab es dann ein Nachholspiel ohne Zuschauer. Es war ein großes Thema, und Mönchengladbach gewann. In den folgenden Tagen gab es mehr Spiele, internationale Wettbewerbe, manche mit, manche ohne Zuschauer, je nach Landeslage. Der nächste Bundesligaspieltag sollte stattfinden, Union Berlin wollte die zu erwartende Niederlage gegen Bayern nicht vor leeren Rängen spielen und berief sich auf's Bezirkamt Köpenick, aber das half alles nichts, als am Freitag, dem 13., dann doch der Spieltag abgesagt wurde.

Nun ist es hierzulande so, daß der Fußball die Rückversicherung ist, daß es so schlimm nicht sein kann. Wir machen keine Kriege mehr untereinander, wir spielen Fußball und klären das auf zivilisierte Weise. Aber der Fußball, den gibt es nun nicht mehr, und so fielen alle Schranken. Die Schulen sollten schließen, am Freitag noch nur hier und dort, am Samstag dann fast überall, am Sonntag wirklich überall.

Am Montag mußten wir erst mal schauen, wie es funktionierte. Aufgaben von zu Hause machen, die *e-mails* durchforsten nach Anweisungen. Das passierte alles innerhalb einer Woche. Eben gab es noch Fußball, jetzt ist alles anders.

Die Hamsterkäufe begannen. Der Run auf das Toilettenpapier, die Nudeln, das Mehl. Die Grundrechte außer Kraft gesetzt, es hieß, bis zum 19. April, aber niemand glaubte, daß es dabei bleiben würde. Das Virus kommt ja so nicht aus der Welt, im Gegenteil, die einzige Chance wäre es gewesen, weiterzumachen wie bisher, die Bevölkerung per Ansteckung durchzuimmunisieren, die Leichen zu begraben und aus womöglichen Fehlern zu lernen. Aber den Gedanken durfte niemand äußern, wagte niemand. Und ihr dachtet, es bräuchte die afd, um in Deutschland wieder Faschismus zu errichten. Nein, es bedurfte nur eines kleinen Virus, um alles außer Kraft zu setzen, was ein Leben lang gegolten hatte. Die Leute wünschten sich geradezu Ausgangssperren herbei.

Am Montag schlossen die Schulen, am Dienstag sagte ich meinen Klavierunterricht ab, am Mittwoch war nur noch nicht verboten, was erlaubt war, und schließlich, am Donnerstag, redeten wir über Ausgangssperren.

Nun könnte man sagen, so ein Unsinn, so eine übertriebene Panik, es wäre besser, das einfach durchzustehen, die Toten in Kauf zu nehmen und die Gesellschaft zu retten. Das wäre besser, wenn die Gesellschaft tatsächlich noch zu retten wäre. Aber das ist sie nicht. Das Coronavirus kommt als Retter in der Not, es befreit uns vom Dogma des Wirtschaftswachstums, es befreit uns vom Glauben an die Mobilität, es führt uns endlich vor Augen, was wirklich wichtig ist, gibt uns Zeit zum Innehalten und zerstört die morbiden Überreste eines Systems, das wir anders zu überwinden nicht in der Lage gewesen wären.

Mit Todessehnsucht umarmen wir den neuen Faschismus und hoffen, daß seine neuen Gesetze uns wieder Luft zum Atmen geben. Jedes Flugzeug, das nicht fliegt, weil die Grenzen geschlossen sind, jedes Auto, das nicht fährt, weil jemand nicht zur Arbeit muß, ist ein kleines Aufatmen für die geschundene Natur, und wir beten, daß dieses Virus uns solange erhalten bleibt, bis die Konzerne pleite sind und nicht weiterproduzieren können, bis das Wirtschaftssystem pleite ist und kein Manager mehr von Sachzwang redet, bis wir alle pleite sind und endlich wieder von dem leben können, was unsere Hände herstellen, was unser Verstand sich organisiert, obwohl diese Hoffnung natürlich falsch und vergeblich ist, weil wir von dem System leben und überhaupt nicht unsere Hände zu konstruktiver Arbeit gebrauchen können, sondern nur dazu, das Hamsterrad am Laufen zu erhalten.

Und wenn wir zu nichts nütze sind und niemand uns braucht, weil das Hamsterrad entsorgt wird – was passiert dann mit uns Menschen? Werden wir ernährt und dürfen unser Leben bis zum sozialverträglichen Ableben zuende fristen? Werden wir in Bürger-kriegen um die letzten Ressourcen aufgerieben? Läßt man uns im öden Land verhungern? Werden wir in einer konzertierten Aktion umgebracht? Das wird die Zukunft zeigen.

Die Zukunft, an der wir nichts ändern können, die wir nur nehmen können, wie sie ist. *In-shallah*. Die Zeit nutzen, die uns gegeben ist. Die *QiGong*-Übungen machen, um gewappnet zu sein. Die Atemübungen zu machen, um dem Unvermeidlichen ins Antlitz sehen zu können. Den Garten umgraben, um Kartoffeln zu pflanzen, weil es eine sinnvollere Arbeit nicht gibt. Vertrauen zu haben, daß, was auch passiert, Gott und die Mutter Maria bei uns sind und uns behüten und tragen, und daß es kein Schicksal gibt, das man nicht mit offenen Armen empfangen könnte. Demut zu üben, um Menschlichkeit zu zeigen. Bescheiden werden und das Beste daraus machen. So, wie es schon immer war. So, wie es für alle Menschen von Anbeginn der Zeit an war.

Wann hat die Zeit angefangen? Die Zeit sind wir gewohnt, als etwas Unvergängliches, Ewiges zu sehen. Wir sagen, vom Anbeginn der Zeit bis in alle Ewigkeit, aber wir denken nicht, daß es tatsächlich einen Beginn der Zeit gegeben hätte. Wie auch? Die Zeit läuft immer weiter. Aber das ist nur, weil wir kaum mehr als einen kleinen Ausschnitt des Kreises sehen, in Wahrheit führt auch die Zeit zurück zu sich selber, ändert sich, formt sich um, ist heute mal so und morgen so. Sie war jetzt immer schneller gewesen, und nun hält sie an, außer Atem, verschnauft, guckt sich um. Zeit vielleicht, eine ganz neue Zeit zu beginnen?

Mit der Zeit ist es wie mit allen Dingen, sie bewegt sich in Kreisen. Es gibt auch nicht nur eine Zeit, es gibt viele verschiedene Zeiträume, die in ihrer Gesamtheit vielleicht „die Zeit" genannt werden können, aber die eine lineare Zeit vom Urknall bis jetzt, Sekunde nach Sekunde nach Sekunde, das ist nicht mehr als eine Selbsttäuschung des Geistes, eine einfache Erklärung, um nicht über die Realität nachdenken zu müssen. Daß eine Zeit zuende geht und eine neue beginnt, ist ein buchstäblich alltägliches Phänomen, darum sind unsere Tage nicht gleich, darum ist eine Sekunde nicht wie die andere. In meinem Leben verrann die Zeit immer schneller, Entwicklungen, die früher Jahrzehnte gedauert hätten, folgten nun Schlag auf Schlag, wir haben uns innerhalb weniger Jahre eine Science-Fiction-Realität geschaffen, und immer noch schneller sollte alles werden. Die Menschen hatten ihr Bewußtsein verloren, den Kopf im *Smartphone*, versuchten sie nur noch, Schritt zu halten und vergaßen sich selbst.

Und heute, am

20. März,

geht das für manche immer noch so weiter, während andere schon ausgebremst wurden und auf einmal Zeit haben zum Nachdenken. Die Straßen sind nicht leer, aber leerer, und die Ausgangssperren sind so gut wie schon angekündigt. Ich werde morgen unbedingt zum

Baumarkt fahren, solange es noch geht, und weitere Hühnerzäune kaufen, um die Beete einzufassen, die ich in den nächsten Wochen umgraben werde. Morgens mache ich *QiGong*.

Musik interessiert mich fast schon gar nicht mehr. Das Leben hat begonnen. Tanzen üben im Sinne von gerade, gesund und schön werden, das hätte noch seinen Sinn, obwohl wir auch dazu uns die jetzt reichlich vorhandene Zeit nicht nehmen. Abends schauen wir *The Last Kingdom* und sind dann eine Stunde zu spät im Bett. Ganz angekommen in der neuen Zeit sind wir noch nicht.

Die Kinder haben Freunde, meist die gleichen zwei, aber heute haben wir einen anderen Schulfreund zu uns geholt. Haben wir ein schlechtes Gewissen? Vielleicht. Es ist alles so schwer nachzuvollziehen. Die Jungen sterben nicht am Virus, ebensowenig wie die Alten am Klimawandel. Die Jungen sollen die Solidarität zeigen, die die Alten sich nicht abringen konnten, dieselben Alten, die Greta Thunberg mit Spott und Verachtung begegnet sind, die ihr hundertmal gerechtfertigtes Anliegen ignoriert haben. „Träumer" haben sie gesagt und von Sachzwängen gesprochen. Dem Sachzwang, die Erde zu zerstören. Und nun kommt das Virus als letzte Chance.

23. März

Montag. Gemütlich aufgestanden, um sieben, aber gleich ran an den Computer, die Schulaufgaben für die Kinder ausdrucken. Hat fast eine Stunde gedauert. Dann raus, *QiGong* machen. Ich achte sehr genau auf die Sieben-Eins-Atmung und übe, mit dem Zwerchfell zu atmen. Nicht nur in den Bauch, sondern mit dem Bauch. Leise. Langlebig. Dann gibt es Frühstück, danach die Kinder an die Aufgaben und ich an meine Seite.

Antje hat mit Jonas Pflanzenkunde geübt, sie hatten viel Zeit und das war ein schönes Lernen. Aber Ferdinand tat nur so als ob, und um halb elf hatte er noch nichts geschafft, also muß ich mich mit ihm hinsetzen, jede Matheaufgabe einzeln durchgehen, bis um halb zwei, zum Mittagessen, und danach nochmal eine halbe Stunde.

Halb drei gehen die Kinder los, ihre Freunde zu treffen, jeder einen, denn draußen darf man nur noch zu zweit sein, und ob man jemanden zu Hause überhaupt besuchen darf, konnte ich nicht herauskriegen. Seit gestern gelten neue Regeln, aber sie sind nur sehr grob formuliert und geben keine Antworten auf konkrete Fragestellungen. Deswegen haben wir gesagt, die Kinder sollen sich draußen treffen und dort in ihrer Zweiergruppe miteinander spielen.

Ferdinand hat sich mit Ingo im Wald eine kleine Rampenstrecke für die Fahrräder gebaut, mit Steingarten und Bäumebeet. Jonas und Ulli haben sich erst verpaßt, weil Ulli gebracht wurde, und da war Jonas schon los, später haben sie sich aber gefunden.

Das ist der gemütliche Teil vom Tag. Ich bin in der Zeit rausgegangen, habe mein zweites Beet zum zweiten Mal umgegraben. Einige Wochen habe ich ja noch, bis die Beete bestückt werden, und es geht auch voran. Samstag war der letzte Tag, an dem die Baumärkte offen hatten, deswegen war ich los und hatte noch einiges gekauft, Blumenerde, Pflanzensamen, eine gute Schaufel, einen Apfelbaum, Zaunstrecken, eine Regentonne. Jetzt ist der Baumarkt geschlossen. Man könnte bei *Amazon* bestellen, dem großen Krisengewinner. Irgendwann wird es nötig sein, aber jetzt?

Solange es nicht muß, muß es nicht. Natürlich haben wir uns bevorratet, nicht nur mit Nudeln und Haferflocken, auch mit Filmen und Büchern sind wir gerade noch gut aufgestellt. Von den Geburtstagen, von unserem Berlinausflug von vor neun Tagen, als die Welt noch eine andere war, haben wir einiges an Büchern und CDs mitgebracht, aber *Amazon* wird kommen, garantiert. Wie könnte es anders sein?

Natürlich weiß jetzt niemand, worauf all das hinausläuft. Warum diese Maßnahmen? Wirtschaft, Politik, Krieg?

30. März

Die dritte Woche des *homeschooling* beginnt. Nach der fast schon aufdringlichen Sonne der letzten Woche hat es gestern angefangen zu schneien. Ein kalter Wind von Osten hat uns ins Haus getrieben und die schon sommerlichen Aktivitäten der vorigen Tage beendet. Kein Acker-Umgraben, kein Laufen, für Ferdinand kein Basteln an den Fahrradrampen im Wald, für Jonas kein Treffen auf halbem Wege mit Ulli, stattdessen Bücher, *WhatsApp*, Fernsehen gucken. Was am Sonntag ja auch okay ist.

Aber Ferdinand, der tatsächlich gar nicht draußen gewesen war, entpuppt sich am Abend als unausgelastet, ich schicke ihn nochmal raus, dann ist er beleidigt; danach schauen wir uns die Sterne an und alles ist wieder gut, aber schließlich ist er doch wieder beleidigt. Eigentlich ist es immer so. Wenn man den Kindern zuwenig Aufgaben gibt, sind sie am Ende des Tages unausgelastet und beleidigt.

Jedenfalls – die Sterne. Die Venus ist gerade sehr schön zu sehen. Die östliche Prolongation ist gerade dieser Tage gewesen, und die Venus steht im Westen am Abendhimmel und leuchtet, dazu hat sich der Mond gesellt, eine schmale aufgehende Sichel, den einen Tag unter der Venus, den nächsten neben der Venus, dann schräg über ihr, ein wunderschönes Zusammenspiel, und jetzt nähert sich die Venus dem Sternenhaufen mit dem sehnsuchtsvollen Namen Plejaden. Die Venus ist ein sanfter Planet, der mit Liebe auf uns guckt, ihr sanftes Licht paßt zu diesen Tagen, da die Welt in den Nachrichten in Aufruhr scheint. In Wahrheit ist es jetzt so ruhig wie schon Jahrzehnte nicht mehr. Der Himmel ist befreit von den schlierigen Flugzeugwolken, der Verkehr hat seine Aggressivität verloren, Menschen haben Zeit. In den Wäldern laufen Familien herum auf der Suche nach *pastime*, Spaziergänger, Jogger, Radfahrer beleben die ansonsten ruhigen Straßen, die Verkehrsstaus sind abgesagt, es fährt nur noch der, der muß. Es sind die absolut richtigen Maßnahmen, um der Klimakrise endlich etwas entgegenzusetzen. Entschleunigung,

Beruhigung des Wirtschaftslebens, Stop des Flugverkehrs, Reduzierung auf das Notwendige. Leider steht zu befürchten, daß diese Maßnahmen nicht wegen der Klimakrise getroffen wurden, sondern wegen eines Virus, der, obwohl weitgehend harmlos, die Öffentlichkeit in Panik versetzt.

So haben wir zwei gegenläufige Tendenzen zu beobachten: zum einen eine Politik im Alarmzustand, die vom Krieg („Gesundheitskrieg") redet und weitgehend unwidersprochen den Grundrechtsteil des Grundgesetzes außer Kraft setzt, auf der anderen Seite eine Bevölkerung, die nun erst einmal die Chance hat, zu merken, was wirklich wichtig ist im Leben. Daß es eben nicht wichtig ist, jeden Tag bei Maximalpower sich selbst zu optimieren, sondern daß es ein Leben gibt, das sich führen läßt. Zumindest ist das Diktat des frühmorgendlichen Aufstehens und Kinder-zur-Schule-Bringens (das genau genommen auch nicht mit der freien Entfaltung der Persönlichkeit in Einklang steht) jetzt erst einmal ausgesetzt, und ich hoffe und bete, daß diese Panik auch über Ostern hinweg anhält. Denn wir durften jetzt den Geschmack des Lebens kosten und möchten ihn nicht so schnell wieder hergeben.

Der Schnee fällt in dicken Flocken, wie es sie den ganzen Winter nicht gegeben hat. Die Welt hüllt sich in Weiß, und Stille legt sich über das Land. Während im Winter noch das Chaos der Zeit herrschte, die alltägliche Aufregung, die aufgescheuchten Menschen im Hamsterrad der Weltwirtschaft, gehetzt zu effektiver Arbeit, nimmt sich der Frühling nun die Ruhe, die er braucht, unterstützt von der sanften Kraft der Venus. Es ist vielleicht nur eine Atempause, bevor das Rad sich weiterdreht, es ist vielleicht nur die Ruhe vor dem Sturm, bevor die Eliten sich dem anstehenden Werk der Bevölkerungsvernichtung widmen oder sich gegenseitig in Kriegen und Bürgerkriegen an die Gurgel gehen. Es ist blinde Panik oder ein perfider Plan, aber es ist eine Atempause, und wir können es genießen, solange es anhält. Was im Großen mit uns passiert, liegt nicht in unserer Hand, es passiert, wie es kommt, und wir müssen es nehmen, wie es kommt. Aber heute haben wir Ruhe, den Kühlschrank gut gefüllt und die Ahnung eines Lebens, wie es sein könnte, würden wir nicht das Spiel der Großen mitzuspielen haben. Es kommt, wie es kommt, *inshallah*.

Die Beschäftigung mit dem Außen ist wenig zielführend. Unsere Aufgabe ist es, das Schicksal anzunehmen und uns selbst zu vervollkommnen, denn nur so kann auch eine echte Veränderung in die Welt getragen werden. Nur wenn wir mit uns ins Reine kommen, nur wenn wir uns als Menschen finden und das wahre Potential, das in uns ruht, nur dann können wir hoffen, im Außen etwas zu bewirken. Wobei wir dann diesen Wunsch nicht mehr haben werden. Wir werden die Welt akzeptieren, wie sie ist, und dann wird unser Sein der Welt dienen.

Das Mittun in den tagespolitischen Diskussionen ist belanglos. Das Hauen und Stechen der Politiker um Macht und Einfluß ist wirkungslos. Und wenn es Dir gelänge, ein erfolgreicher Politiker zu sein und wirklich Dinge anzustoßen, Du bliebest doch ein Getriebener und ließest Dich von den Weltläufen überwältigen. Es gibt daher nur eines, was wir für die Welt tun können: die eigene Schwingung erhöhen, um somit die Schwingung der Welt zu erhöhen. Wenn jeder Mensch, den Du triffst, ein wenig angehoben wird von der guten Schwingung, die Du um Dich verbreitest, wird die Welt ein besserer Ort werden. Nicht, wenn Du Deine Feinde besiegst, nicht, wenn Du es schaffst, Dich im Hauen und Stechen zu bewähren. Nur, indem Du Dein authentisches Sein stärkst und damit Vorbild wirst für andere. Indem Du anderen zeigst, daß es einen Weg gibt.

Dabei sind wir Menschen und scheitern immer. Ist die Welt etwa ein besserer Ort geworden durch einen klugen Mann wie Bismarck, der die Deutschen geeint und für Frieden nach innen und außen gesorgt hat? Vielleicht wären uns die Weltkriege erspart worden, hätte er Deutschland nicht so stark gemacht! Oder ist die Welt durch Lenin ein besserer Ort geworden, der die verzweifelten Menschen befreit hat von dem Joch des Zaren? Was gut gemeint ist, muß nicht gut sein. Das Schicksal holt uns alle ein. Und jeder muß tun, was er zu tun hat. Natürlich müssen Politiker das Land regieren, was sollten sie sonst tun? Und ihre Aufgabe ist es tatsächlich, sich mit diesen Dingen zu beschäftigen.

Aber Du und ich? Ist es Deine Aufgabe, zu wissen, wie ein Land regiert werden sollte? Als Bürger eines demokratischen Staates ist es Deine Aufgabe, ein wenig Bescheid zu wissen und Dich auch zu positionieren, um eine verantwortungsbewußte Wahlentscheidung treffen zu können, aber darüber hinaus?

Was ist Dein Engagement für das Gemeinwohl? Du sollst geben, was Du geben kannst, und helfen, wo Du helfen kannst. In einer Partei, im Hospiz, in tätiger Nachbarschaftshilfe. Aber Du darfst dabei nicht über Dich hinausgehen. Nur das machen, was in Dir veranlagt ist, das geben, was Dir freisteht zu geben, da helfen, wo Deine Hilfe gebraucht wird. Das ist mit gottgefälligem Leben gemeint. Aber nicht, in klugen Sermonen Bescheid zu wissen über die Entscheidungen der Weltenlenker. Das wäre Deine Aufgabe nur dann, wenn Du einer von ihnen wärest. Bis dahin: Mach Deine Meditation, mach Deine Übungen, tu das, was Du zu tun hast, pflege Dich und Deinen Garten, Deinen Körper, Deine Seele, Deinen Geist, flieh nicht vor der Welt, aber dränge Dich ihr nicht auf, sei da, wenn Du gebraucht wirst, aber suche nicht nach Macht und Einfluß, suche nach Zufriedenheit in der Meditation. Es gibt keinen glücklicheren Menschen als den mit sich zufriedenen, und das ist einer, der im Einklang steht mit dem Weg, den er zu gehen hat. Der jeden Tag das tut, was vor ihm liegt. Der den Kreisen folgt, die sein Schicksal bestimmen.

3. April

Natürlich achte ich jeden Morgen auf die aktuellen Zahlen zur Coronakrise und warte auf den Moment, da diese Zahlen so stark ansteigen, daß die Panik dann doch noch gerechtfertigt sein würde. Es wird ja immer davon gesprochen, daß das dicke Ende noch kommt. Aber es kommt nicht.

Die Strategie ist jetzt folgende: das Virus, koste es, was es wolle, an der weiteren Ausbreitung zu hindern, um dann im nächsten Jahr mit einem Impfstoff das Problem zu lösen. Ich verstehe diese Strategie, vielleicht ist sie vernünftig und naheliegend, aber sie zeigt doch, wie wenig die Menschen von ihrer eigenen Natur verstanden haben. Sie wollen dem Schicksal entfliehen und beschließen deshalb, aus Angst vor dem Tod nicht zu leben. Das ist dumm. Weise Menschen wissen, daß man den Tod willkommen heißen muß, um leben zu können. Man kann nicht fliehen, man kann sich nur seiner Verantwortung stellen. Aber die Angst vor dem Virus ist irrational.

Wenn es darum ginge, überflüssiges Leid zu vermeiden und den Menschen zu helfen, die unsere Hilfe nötig haben, die Menschen zu schützen, die unseren Schutz benötigen, dann würden wir dort anfangen, wo die meisten Menschen betroffen sind: Zuerst würden wir den Hungernden helfen, denn es muß ja nun wirklich nicht sein, daß so viele Menschen hungern müssen. Es sind fast eine Milliarde Menschen unterernährt, und zwar ausschließlich deshalb, weil es uns nicht gelingt, die Finanzmärkte in die Verantwortung mit einzubinden und die Ressourcen so zu verteilen, daß jeder wenigstens genug hat. Dafür würde man mit einem Bruchteil der Coronaaufwendungen sorgen können!

Dann würden wir uns darum kümmern, daß die Flüchtlinge, weitere 60 Millionen Menschen, menschenwürdig versorgt werden. Es ist nicht notwendig, die Flüchtlinge alle nach Deutschland zu holen und hier zu integrieren, nein, aber eine menschenwürdige Behandlung dort, wo sie sind, das sollte jedem zustehen, und es würde die finanziellen Möglichkeiten der Welt nicht übersteigen, dafür zu sorgen.

Wenn diese zwei drängendsten aller humanitären Probleme gelöst sind, kann man auf alles weitere schauen. Dann fängt man vielleicht an, zu hinterfragen, in wessen Interesse die Kriege eigentlich geführt werden, wie vernünftige Lösungsstrategien aussehen könnten und wohin man besser keine Waffen liefern sollte. Dann fängt man auch an, auf die Umweltbedingungen zu schauen, die in einigen Gebieten der Erde schon katastrophale Zustände verursachen und entwickelt eine Strategie zur Eindämmung der Klima- und Naturkatastrophen. Irgendwo in diesem Zusammenhang reiht sich schließlich die Sorge um ein Virus ein, für das es noch keine Immunität gibt, mit dem man nun aber umzugehen hat. Die drängendsten Probleme nach oben auf die Agenda zu setzen, würde am meisten Leid vermeiden, das wäre rational und vernünftig. Dem Virus die Wirtschaft zu opfern und die Hungernden hungern zu lassen, ist dagegen, je nach Lesart, perfide, zynisch, panisch, im mindesten dumm, oder aber das Ergebnis einer gezielten Kampagne zur Beschneidung der Menschenrechte. Wobei letzteres nicht hieße, daß das Virus gezielt in die Welt gesetzt worden wäre, um die Menschenrechte zu beschneiden. Nein, man hätte nur die Gelegenheit am Schopfe gepackt, denn daß mögliche Szenarien und Reaktionen in den Schubläden der Verantwortlichen darauf warten, im Bedarfsfalle hervorgeholt und angewandt zu werden, das ist kein Geheimnis.

5. April

Während die Zahlen in den Medien langsam, aber sicher steigen, gewöhnen wir uns an ein ruhigeres, entspannteres Leben. Wir arbeiten nicht, keine Kurse, kein Musikunterricht, stattdessen gehen wir in den Garten. Antje hat gestern Bärlauch-Pesto gemacht, ich war einkaufen in den Lebensmittelläden – bei REAL gibt es auch Dinge wie Einweckgläser, Kamillensamen und herabgesetzte Pulloverjacken – später grub ich an meinem Beet weiter und ging laufen. Dann habe ich die Kinder von den Wuttkes abgeholt.

Ob dieser Kontakt so, wie er ist, erlaubt ist oder nicht, konnten wir nicht herausfinden. Man darf sich ja zu zweit treffen, wenigstens draußen, aber ob man sich zu Hause besuchen darf und nur nicht soll, oder da tatsächlich nicht darf, sind unklar gehaltene Anweisungen. Ich jedenfalls habe auch Tobias besucht, mit dem es immer wieder eine Freude ist, die gegenwärtige und allgemeine Weltlage zu analysieren und über grundlegendere Dinge zu philosophieren.

So ist das Leben dieser Tage. So entspannt, daß wir planen, uns auch späterhin nicht mehr so von der Arbeit treiben zu lassen. Unsere Räume in der Jahnstraße werden wir schließlich doch kündigen. Die Leute können auch zu uns herauskommen.

Vielleicht kommt es in den nächsten Jahrzehnten darauf an, sich die kleine Nische des privaten Lebens und Wirtschaftens irgendwie zu erhalten, denn die Aussichten angesichts der Panik und der Art und Weise, wie auf sie reagiert wird, zeichnen ein düsteres Bild von der Gesellschaft, die sein wird: Der vereinzelte Mensch, dessen Kontakte nur über die Medien laufen. Handypflicht und Bargeldverbot scheinen über kurz oder lang zu kommen, und da dann der digitale Mensch mangels Direktkontakten keine Empathie üben kann, wird er konsequent alles durchsetzen, was ihm richtig und sinnvoll erscheint: Impfpflicht, medizinische Zwangsbehandlungen, Verbot alternativer Meinungen und Sichtweisen. Mit den Instrumenten „*Fakenews*-Verbot" und „Verbot rechtsextremer Propaganda" wird man den größten Teil alternativer Sichtweisen schon verbieten können. Nach Sven, dem alten Antifaschisten, sind ja schon Vereine wie etwa der *Bund für Umwelt und Naturschutz* oder auch die ödp potentiell oder teilweise rechtsradikal – eine Sichtweise, die sehr praktisch werden kann. Auch die organisierte Selbstversorgung etwa in Vereinen wie der Anastasia wird schon dem Rechtsradikalismus zugehörig gerechnet. Das Ende der Meinungsfreiheit kann also durchaus über den Weg des Verbots rechtsradikaler Propaganda kommen. Hinzu kommt das Problem der wirtschaftlich überflüssigen Menschenmassen und der weitreichenden Auswirkungen des ökologischen

Zusammenbruchs, die zusammen voraussichtlich in eine als nominell digitale Demokratie getarnte Militärdiktatur münden werden.

Aber das gehört alles zu den Dingen, die ein Mensch nicht ändern kann. Wir führen derweil ein gutes Leben, es gibt keine Gründe, sich zu beschweren, es gibt nur Sorgen über die Zukunft, also gegenstandslose Sorgen. Aber was mit den Kindern ist, wie sie in jener Welt zurechtkommen werden, ob und an wen sie sich verkaufen müssen, wer mag das zu sagen? Es kommt, wie es kommt, *inshallah*.

12. April

Letztendlich sind wir alle sehr beunruhigt. Zwar ist das Leben jetzt besser denn je, mit all der erzwungenen Ruhe, aber man weiß doch, daß es kaum zum Besseren sein kann. Auch wenn es gut ist, daß die bürgerlichen Freiheiten eingeschränkt sind, das Reisen, die Konsumgesellschaft. Es ist schon sehr wichtig, daß unserem alltäglichen Wahnsinn ein Riegel vorgeschoben wurde, nur ist es leider klar, daß dies kein vernünftiger Weg ist. Man weiß nicht, welche Interessen gerade das Heft des Handelns bestimmen. Die Internetkonzerne verdienen an der Situation, ebenso die Pharmaindustrie. Aber ob das die Situation erklärt?

Aus spiritueller Sicht ist es ja so, daß das Leben schon lange in Unordnung geraten war. Spätestens seit dem Brand der Notre Dame war jedem, der sehen konnte, klar, daß die gegenwärtige Weltordnung an ihre Grenze gelangt ist. Der Schutz durch Maria hatte seine Basis verloren, und wir sind seitdem den Elementen ausgeliefert. Da waren die Brände in Brasilien, Sibirien und Australien, und es gab nichts, was wir dem hätten entgegensetzen können.

Das Virus für sich genommen ist sicherlich nicht so schlimm. Gesetzt den Fall, es würde ungehindert wüten und jeden Menschen anstecken, dann käme man bei einer Mortalitätsrate von zwei Prozent auf insgesamt 160 Millionen Opfer weltweit. Eine gewaltige

Zahl, eine Tragödie ungeahnten Ausmaßes, aber keine Katastrophe. Das Leben könnte exakt so weiterlaufen wie bisher. Die Toten wären überwiegend die ohnehin Schwachen, es wäre, aus einer vernünftigen, inhumanen Sicht, fast schon eine Verjüngungskur, eine schmerzhafte, aber wohltuende Korrektur der Bevölkerungsstruktur.

Das Virus ist ein Ausdruck dessen, daß unser Leben in Unordnung ist, und hilft uns, es wieder zu ordnen. So sollte es sein. Aber die Finanzoligarchen haben die Krise als Chance gesehen und genutzt. Sie nutzen sie für eine Marktbereinigung, für die Elimination des Überflüssigen aus der Gesellschaft, die Elimination von Kunst und Kultur, von bürgerlicher Freiheit und individuellem Lebensstil, zugunsten einer kontrollierten Herrschaft, mit dem Arzt als Kontaktinstanz, der die entsprechenden Impfungen vergibt und später dann den gesamten Cocktail, der für dich als sinnvoll erachtet wird. Inklusive des geplanten Ablebens. Oder es ist die Chance, durch die Erhöhung der Geldmenge für die sogenannten Hilfen eine Inflation zu erreichen, um uns alle zugunsten der wenigen Reichen ärmer zu machen, sozusagen als Kriegsersatz, weil der geplante Krieg gegen Rußland oder den Iran nicht stattfinden konnte. Und natürlich hofft längst schon niemand mehr darauf, daß es eines Tages wieder so sein wird wie vorher.

Die Panik bleibt, die Angst vor irgendwelchen Viren. Die Mediziner werden mehr Rechte bekommen, der allzu nahe Mensch gilt dem Menschen fortan als Feind, der Atem als Angriff, die Berührung als Tabu. Das Bargeld verboten, die Kontrolle über Wege, Geldflüsse, Konsumverhalten selbstverständlich, die Freiheit ein Synonym für Unfreiheit. Dazu der Klimawandel, der dritte Dürresommer, der uns schon im April im Griff hat, die steigenden Lebensmittelpreise, daraus folgend die steigende Präsenz der Sicherheitsfirmen, Wachmänner und Roboter, die abgeriegelten Reichenviertel, die abgeschotteten Armenghettos, der ständig latente, blutig unterdrückte Bürgerkrieg.

Das sind die Aussichten, die sich uns heute bieten. Die Frage ist: Wie lange läßt sich unsere Nische erhalten?

18. April

Nachgedanken:
— Ein Leben „nach Corona" kann es nach der jetzigen Logik nicht geben. Unabhängig von möglichen Erfolgen gegen das Virus durch Impfungen oder Medikamente stehen auch weitere Viren bereit, sich zur Pandemie zu entwickeln. Allein die Potentialität ihrer Verbreitung rechtfertigt es nach gängiger Lesart, weitreichende Maßnahmen zu verhängen, die tief in das eingreifen, was wir bis März 2020 als bürgerliche Grundrechte verstanden haben.

— Wichtig ist außerdem zu verstehen, daß die getroffenen Maßnahmen nicht alternativlos waren. Selbstverständlich hätte man die Krankheit sich auch einfach verbreiten lassen können. Das wäre normal gewesen und hätte keine katastrophalen Folgen gezeigt. Das wirtschaftliche und politische Leben hätte unter einer solchen Epidemie praktisch ebensowenig gelitten, wie es durch die Untätigkeit angesichts des Welthungers leidet.

— Zu verstehen ist das panikartige Handeln angesichts des Virus vor allem aus einer Perspektive: Die sich säkular nennende Gesellschaft ist an einem Glaubenspunkt angekommen. Die Angst der Menschen vor dem Virus ist nicht rational, sondern das Ergebnis eines Glaubensprozesses. Ärzte erfahren in der säkularen Gesellschaft eine priestergleiche Verehrung und legen den Maßstab des Handelns fest. Wenn Ärzte fordern, daß gehandelt werden muß, dann werden diese Forderungen umgesetzt. Wir sehen den glaubensartigen Charakter dieser Haltung auch daran, daß die Warnungen anderer Wissenschaftler, etwa die der Klimaforscher vor dem Klimawandel – die angesichts der ungleich dramatischeren möglichen Folgen auch ungleich dramatischere Mittel rechtfertigen würden – über Jahrzehnte ignoriert und trotz zunehmender Evidenz nur zögernd und ungenügend in Politik umgesetzt werden.

— Für notwendig erklärte Maßnahmen des *social distancing* sind mehr als harmlose Verhaltensmaßregeln, an die zu halten nicht weiter wehtut. Der Mensch als Herdentier ist für sein Wohlbefinden unmittelbar und elementar darauf angewiesen, mit anderen Personen in Nahkontakt zu treten. Händeschütteln und Umarmungen sind mehr als Konventionen, sie spielen eine wesentliche Rolle beim Erhalt der psychischen Gesundheit. Digitale Kontakte sind kein Ersatz für reale Kontakte, im Gegenteil, wer seine sozialen Kontakte nur digital aufrecht erhält, verliert wichtige menschliche Fähigkeiten, wird krank und einsam. Die Isolation der „gefährdeten Menschen", sprich der Alten und Kranken, ist eine unbarmherzige und unmenschliche Maßnahme. Es ist unsere zuvorderst menschliche Pflicht, sich um die Alten und Schwachen zu kümmern, so wie es Menschen seit Jahrhunderttausenden tun. Das steht im direkten Widerspruch zur Maßnahme des *social distancing*. *Social distancing* gilt als Mittel zum Zweck, sein Nutzen geht aber mit gewaltigen Kosten einher, die durchaus gegen Menschenleben aufzuwiegen sind, weil sie auch Menschenleben beinhalten.

– Gibt es Schlimmeres als den Tod? Mit Sicherheit. Viele Menschen würden den Tod einem Leben in Einsamkeit vorziehen. Krankheit und Tod sind Begleiter des menschlichen Lebens. Schicksalsschläge haben Menschen zu tragen und machen den Menschen zu dem, der er ist. Wer den Tod fürchtet, kann sein Leben nicht leben, die Überwindung der Angst ist der Schlüssel für ein selbstbestimmtes Leben in Freiheit. Dem Schicksal ausweichen zu wollen, ist vergeblich. Angesichts des Todes und des Schicksals lernt der Mensch, demütig zu sein, er nutzt Glaubenssysteme, um einen Halt zu finden in einer Welt, die ihn zu überwältigen droht. Das ist keine psychische Schwäche, sondern normales menschliches Verhalten. Die Sinnkrise der modernen Welt rührt aus dem Unverständnis dieser einfachen Tatsachen. Während es weitgehend egal ist, an was man glaubt, ist es nahezu unmöglich, nicht zu glauben. Die Ersatzreligion erwacht aus dem unbewußten Glauben des Säkularismus, und anstelle des Glaubens an Gott steht der Glaube an das Virus. Aber ist dieser Tausch sinnvoll, oder auch nur zweckdienlich?

19. April

Die Versuche, Corona zu erklären, scheitern immer wieder. Die Coronapanik erklärt sich aus einem Tabu heraus, das schon des öfteren zu Absurditäten geführt hat, aber nun die Gesellschaft im vollen Griff hat.

Das Tabu ist, anzuzweifeln, daß der Schutz der Menschenleben oberste Priorität hat. Absurd ist das deshalb, weil dieses Tabu gilt, obwohl das Menschenleben mitnichten höchste Priorität hat, wenn es um Fragen wie Krieg, Ökologie oder Hunger geht. Es ist also völlig in Ordnung, durch Nicht-Handeln oder wirtschaftliches Handeln millionen- und gegebenenfalls auch milliardenfach Menschenleben zu vernichten, aber es ist nicht in Ordnung, dies ein Virus tun zu lassen.

Dennoch kann man nicht anfangen, zu argumentieren: „Wenn wir dem Virus freien Lauf lassen, dann kommen ja so und so viele Menschen um." Unser moralischer Kompaß empört sich und die Diskussion ist an dieser Stelle zu Ende. Und es ist ja auch so: Bloß weil wir Kriege provozieren, bei denen Millionen sterben, bloß weil wir -zig Millionen an Hunger sterben lassen, und bloß, weil wir nichts gegen den Klimawandel tun, der im Ernstfall das Überleben der Menschheit als solche bedroht, heißt das noch lange nicht, daß wir berechtigt sind, tatenlos zuzugucken, wenn ein Virus das Leben der Alten in den Pflegeheimen bedroht, derselben Alten übrigens, die von Pflegern aus dem Ausland betreut werden, denen wir aus Effizienzgründen verboten haben, menschliche Zuwendung mitzuleisten. Wir haben also eine Armee von Alten in den Pflegeheimen, die ein oft wahrhaft menschenunwürdiges Dasein führen, für die sich niemand interessiert, die wir so weit wie möglich aus dem Blickfeld der Gesellschaft herausgenommen haben, damit sie nicht die Produktivität der jüngeren Generation behindern, Alte also, die wahrhaft nichts mehr anderes tun, als den Tod zu erwarten, und diesen Alten, die den Tod schon ersehnen, weil ihr Leben eh abgeschlossen ist – diesen Alten kommt ein Virus mit einem schnellen Tod zu Hilfe, aber wir tun alles, sie vor diesem Virus zu schützen, nicht, damit sie weiter am Leben teilnehmen können, sondern, damit sie weiter vom Leben ausgeschlossen vor sich hinvegetieren.

Das ist das säkulare Mißverständnis: Im säkularen Sinne ist jemand am Leben, dessen Herz schlägt. Aber der spirituelle Mensch weiß, daß nur der am Leben ist, dessen Herz für etwas schlägt. Ein Herz, das einfach nur so schlägt, lebt nicht, es vegetiert allenfalls.

Leben heißt, im Austausch zu stehen mit dem Universum, an den Kreisen teilzuhaben, die das Leben und die Gesellschaft um uns webt. Leben heißt hinauszugehen, sich zu bewegen, Menschen zu sehen, Natur wahrzunehmen. Leben ist ein ständiger Prozeß des Austausches. Wir nehmen Informationen aus der Umwelt auf, verarbeiten sie und geben der Umwelt mit unserer Tätigkeit wieder etwas zurück. Wenn dieser Austausch nicht stattfindet, findet Leben nicht statt.

Die Sackgasse des Pflegeheims ist widernatürlich und ein Ausdruck der Verkommenheit unseres sozialen Systems. Wir haben aufgehört, für die Alten Sorge zu tragen, so wie wir es seit zwei Millionen Jahren taten. Es hat aber auch einen Grund, warum wir damit aufgehört haben: Die Alten sterben nicht mehr, wenn sie krank werden, weil die moderne Medizin genau weiß, wie sie die biologischen Kreisläufe aufrecht erhält. Und wir haben kein Verständnis mehr davon, wie ein Mensch natürlicherweise sterben will und sollte. Ein Mensch soll dann sterben, wenn sich seine Kreise erfüllt haben. Wenn er aus dem gesellschaftlichen und sozialen Leben herausfällt und nur noch für sich ist, dann kommt auch bald der Punkt, wo seine biologischen Systeme den Sterbeprozeß einleiten. Deswegen waren die Alten nie eine große Belastung. Sie lebten, und wenn es nur war, um die Kleinsten mit Geschichten zu unterhalten, aber sie lebten für einen Zweck.

19. Mai

Der vergangene Monat war natürlich auch reich an Entwicklungen. Aber es ist schwer, aus dem Tagesgeschehen heraus zu überschauen, was genau passiert. Oberflächlich betrachtet, sind nun einige Lockerungen erfolgt. Ich kann wieder Musikunterricht geben, auch Antje arbeitet wieder im Café. Theaterunterricht und Tango finden noch nicht wieder statt. Besuche von und zu Großmama sind jetzt ohne Fragezeichen möglich. Dennoch kann von einer Entspannung der Situation nicht wirklich die Rede sein. Wir müssen jetzt alle einen Maulkorb tragen im Supermarkt, die Abstandsregeln gelten weiterhin, und das normale menschliche Miteinander ist dadurch natürlich erheblich gestört. Die gesellschaftliche Diskussion, die in den vergangenen Wochen entbrannt ist, wird dabei hochbrisant und kreuzgefährlich, um es mal so auszudrücken. Während wir die ersten Wochen des Lockdowns weitgehend klaglos hingenommen haben, nicht nur als plötzliche Notwendigkeit, sondern auch als willkommene Gelegenheit zur Rückbesinnung, stellte sich in den vergangenen Wochen vermehrt die Frage, wie es denn perspektivisch weitergehen soll. Und da ist die Antwort des Mainstreams sehr ernüchternd: Solange man das Virus nicht besiegt hat, gelten weiterhin Abstandsregelungen und Verbote, mal mehr, mal weniger, jedenfalls keine Normalität. Nun ist die Frage des Sieges über das Virus aber keine Frage von Wochen, sondern von Monaten und Jahren. Das heißt, die Einschränkungen sollen zur neuen Normalität werden. Und das ist natürlich etwas ganz anderes als ein vorübergehender Lockdown.

Natürlich regt sich dagegen Widerstand. Von der Wirtschaft, der wesentliche Geschäftszweige wegbrechen (Tourismus und Gastronomie), aber auch von besorgten Bürgern, wie wir sie kennen. Es gibt Demonstrationen unter Auflagen, die unter medialen Dauerbeschuß geraten.

Die Reaktion des Mainstrems ist erschreckend radikal: Alle, die sich gegen die Coronamaßnahmen positionieren, seien verantwortungslose Gesellen, die auf Kosten der Schwachen und Schutzbedürftigen ihre egoistischen Rechte wahrnehmen. Sie sind Verschwörungstheoretiker, Rechtsradikale und militante Impfgegner. „Militant" sind Impfgegner seit zwei oder drei Tagen, die neueste Volte in der Medienhetze.

Eine Impfpflicht ist angeblich nicht geplant, einen „Immunitätsausweis", obwohl im ersten Anlauf noch abgeblockt, wird es aber in der einen oder anderen Form geben. Das ist zwar keine Impfpflicht, aber wenn es darauf hinausläuft, daß man ohne Impfausweis nicht mehr reisen, nicht mehr arbeiten und keine Besuche im Altenheim mehr machen darf, nicht mehr ins Theater gelassen wird und nur unter Auflagen in den Supermarkt, so ist das von einer tatsächlichen Impfpflicht nicht weit entfernt. Kurz, wir leben ab jetzt in einer Diktatur der Gesundheitspolitik, die zwar angezweifelt werden darf, aber nur um den Preis gesellschaftlicher Ächtung.

20. Mai

Was verlieren wir eigentlich? Die Reisefreiheit, dieses paradoxe Gut, die Freiheit, zu entfliehen. Der Verlust der Reisefreiheit ist ein Geschenk. Die Verlockung des ewig Anderen, das Versprechen des Überall-ist-es-besser-als-hier, das war schon lange nur noch eine bloße Chimäre, geeignet, dem Streß des Alltags einen Urlaubsstreß hinzuzufügen, eine weltliche Verheißung ohne Substanz. Flugreisen bringen Körper zueinander, aber nicht Seelen, und statt der so notwendigen Bildung durch die Erfahrung einer anderen Kultur entsteht bei diesen „weglosen" Reisen ein Gefühl innerer Leere, das durch die Sehnsüchte nach noch mehr fremden, noch abgelegeneren Abenteuerorten gefüllt werden soll. Aber das ist zum Scheitern verurteilt.

Wahrhaft reisen, das konnten die wenigsten von uns. Mit offenen

Sinnen ins Unbekannte starten. Die meisten haben bloß Urlaub gemacht, und das ist das Gegenteil des Reisens. Man begibt sich nicht in eine andere Kultur, sondern man schleppt die eigene Kultur wie eine Monstranz mit sich, nivelliert so die Unterschiede zwischen den Kulturen und ersetzt sie durch eine Geldhierarchie. Es wäre ein Segen, wenn diese Art der Urlaubsreisen auf lange Sicht nicht mehr möglich wäre. Im Grunde ist es vernünftig, wenn man ein neues Land betritt, sich erstmal zwei Wochen in Quarantäne begeben zu müssen. Auf diese Weise hat man die Gelegenheit, sich lesend und schnuppernd an das neue Land zu gewöhnen, so daß man dort tatsächlich auch ankommt.

Das Wichtigste von allem ist aber, zu lernen, sich zu Hause auszuhalten. Das ist gar nicht so schwer. Man muß die Schönheiten des Nahbereichs kennen und schätzen lernen, man muß sein Leben so gestalten, daß man es gern lebt, dann braucht man nicht in die Ferne reisen, um sich und seinem Leben zu entfliehen. Und wenn man dergestalt zu Hause verwurzelt ist, dann kann man an Reisen denken. Und merkt, daß man schon mit einer Tagesreise auf dem Fahrrad in eine ganz andere Kultur und Gegend gelangen kann.

Was verlieren wir eigentlich? Das Paradoxe an diesem Ausbruch von Autorität ist ja, daß der Mensch jetzt nicht in soziale Zusammenhänge gezwungen wird, sondern aus ihnen hinausgedrängt. Millionen Schüler atmen auf, weil sie nicht mehr dem täglichen Schulstreß ausgesetzt sind. Millionen Arbeitnehmer haben endlich etwas mehr Zeit für sich und ihre ureigensten Bedürfnisse. Unsere sozialen Verpflichtungen, die wir eingegangen waren, weil wir dachten, wir wollten sie, stellen sich im Nachhinein als Gefängnis heraus, von dem wir endlich befreit sind. Am Wochenende nicht mehr zur Party gehen zu müssen, zum sonntäglichen Verwandtenbesuch, zum Tanzkurs und ins Kino, das alles schenkt uns Zeit, von der wir immer zu wenig hatten. Wir stellen fest, wir lebten nicht nur in einer hypermobilen Gesellschaft, sondern auch in einer hypersozialen.

Ja, der Mensch ist ein soziales Wesen und braucht den Kontakt mit anderen, aber so viel Kontakt braucht er nun auch wieder nicht, und außerdem braucht er auch das Für-sich-sein, das Alleinsein, ein wenig Einsamkeit von Zeit zu Zeit.

Die Verluste, die wir durch die Coronakrise zu erwarten haben, sind in vielerlei Hinsicht Gewinne. Aber nicht nur. Es gibt auch ernsthafte Verluste. Der größte, unmittelbarste Verlust ist der Verlust des Urvertrauens. Wenn jeder Mensch dem anderen ein potentieller Feind ist, eine potentielle Ansteckungsgefahr, wenn eine solche Sichtweise in die Herzen der Menschen einzieht, dann stehen 30 Millionen Jahre Evolution, in denen wir uns zu sozialen, einander helfenden und vertrauenden Wesen entwickelt haben, auf der Kippe. Wenn jeder nur sich selbst der Nächste ist und der andere ein Feind, vor dem es sich zu schützen gilt, dann verlieren wir das, was uns als Primaten vor den anderen Säugetieren auszeichnet: unsere Kooperation. Dann funktionieren wir nur noch wie die Mäuse, die eine gewisse Familienzugehörigkeit fühlen können, sich ansonsten aber vor jeder Gefahr verstecken und beim Treffen mit einer anderen Sippschaft keine Möglichkeit zum Frieden kennen, sondern sich um die Grenzen ihres Reviers beißen.

Das Vertrauen in den Anderen, die immer schwierige, aber immer vorhandene Möglichkeit, den Fremden als Freund und Partner zu sehen, das ist das, was uns zivilisiert und zum Menschen gemacht hat, vielleicht hat es uns bereits schon zum Affen gemacht. Ohne dieses Vertrauen sind wir nicht mal mehr Affe, sondern nur noch Maus.

Die digitale Zusammenarbeit, die ja nach wie vor möglich sein wird, steht dem nicht entgegen, im Gegenteil, sie ermöglicht diesen Prozeß der Regression erst. Indem uns die Digitalisierung von dem Zwang zur tatsächlichen Zusammenarbeit enthebt, schafft sie uns den Freiraum, die dann unnötigen Errungenschaften der letzten 30 Millionen Jahre, die oft anstrengend und immer fordernd sind, wieder abzulegen. Eine Menschheit aus Mäusen, geführt von einer kleinen Schicht von Spezialisten und Führungskräften, die sukzessive durch künstliche Intelligenzen ersetzt werden, bis hin zu dem Punkt, an dem der Mensch den Funken des Bewußtseins verliert und in die vegetative Existenz zurückfällt.

Nun ist der Verlust der Menschlichkeit kein Prozeß, der in einer oder zwei Generationen stattfinden könnte. Aber immerhin, er ist in vollem Gange. Die Digitalisierung nimmt den Menschen, die ihr anheimfallen, ganz ursprüngliche menschliche Fähigkeiten. Eine Regression in ein zombiehaftes Halbbewußtsein ist das unmittelbare Produkt einer matrixgesteuerten Existenz.

Der drohende Digitalisierungsschub ist von daher, entgegen den Wünschen und Vorstellungen der Menschen, kein Fortschritt, sondern ein Wegschritt, ein Abweg, ein Irrweg, ein Irrtum, ein Fehler. Es hat nichts mit selbstbewußtem Nutzen einer neuen Technik zu tun, sich ihr bedingungslos zu verschreiben. Immer gehört zur Entwicklung einer neuen Technik auch dazu, auszuprobieren, wo die Grenzen des Nutzens sind, aber genau das ist das, was der heutige Mensch verlernt hat.

Sein kritischer Geist versagt angesichts der Unzahl an Neuerungen. Er ist nicht fest genug mit der Tradition verwurzelt, um das Neue bewerten zu können, ihm fehlt der Maßstab, und damit der notwendige Bezugspunkt des Bewußtseins. Ihm fehlt die Esoterik, die Beschäftigung mit den inneren Wahrheiten, und er unterliegt dem Irrtum, allein mit Exoterik, allein mit der Beschäftigung mit der äußeren, der materiellen Welt, sich sein Leben bauen zu können.

Das ist mit Halbbewußtsein gemeint: ein Mensch, der sich zweifelsohne bewußt ist, indem er bewußte Vorlieben entwickelt, bewußt reagiert auf die Erfordernisse der Matrix, der aber dennoch nicht sich selber bewußt ist, den Sinn seines Lebens nicht kennt, kein eigenes Bezugs- und Wertesystem hat und schließlich kein Selbstbewußtsein.

Man kann die Welt und den Zustand der Menschheit durchaus so düster zeichnen; die Frage ist, ob damit ein Rückschritt verbunden ist, oder ob die Menschen schon immer so waren, daß sie im wesentlichen die vorherrschenden Ideen fraglos übernommen haben, den sie im äffischen Klatsch verwerteten, während nur ein Bruchteil – jeder siebte oder achte – Träger eines autonomen Bewußtseins ist, fähig zu eigenen moralischen Entscheidungen, fähig zu einem selbstbestimmten Leben. Die Menschheitsgeschichte wird klarer, wenn man das so annimmt. Die Masse der Menschen war, wenigstens in geschichtlicher Zeit, nie dazu fähig, das Heft des Handelns in die Hand zu nehmen, sondern hat sich immer von den Herrschenden gängeln lassen, hat religiöse Legitimationen fraglos übernommen und immer das getan, was von ihr verlangt wurde, auch dann, wenn es ihren eigentlichen Interessen entgegenstand.

Und heute ist es vielleicht so, daß immer mehr Menschen in ein Selbstbewußtsein kommen. Vielleicht sind wir bald schon einer von sechs, und auch von den anderen wissen viele schon sehr gut, daß keiner Kriege haben will und es sich nicht rechtfertigen läßt, mit Rußland oder dem Iran Händel zu beginnen. Die Demokratie ist letztlich ja auch eine Erziehung, ein großer Aufruf, sich mit den Dingen zu beschäftigen, ausgehend von der falschen Illusion, die Menschen seien mündige Bürger. Was aber, wenn sie dazu werden?

Was, wenn die Menschen tatsächlich aufwachen und dann in ihrem eigenen Interesse wählen? In Südamerika gab es solche Wahlen, die dann von Militärs und Geheimdiensten, unterstützt von der Schutzmacht des Großkapitals, den usa, verworfen werden konnten; auch der spanische Bürgerkrieg ist so entstanden, aus einem Wahlergebnis, das die Strippenzieher nicht dulden wollten.

Die Demokratie ist ein zweischneidiges Schwert. Solange es den Mächtigen gelingt, die Bevölkerung von sich zu überzeugen und systemkonforme Parteien zu wählen, solange ist die Demokratie wohl die perfekte Herrschaft, weil sie die Illusion einer Selbstbestimmung erzeugt. Was aber, wenn diese Illusion nicht mehr verfängt, wenn die Leute nicht mehr davon überzeugt sind, beherrscht werden zu müssen, was, wenn sie anfingen, eine gerechte Verteilung der Ressourcen zu fordern? Eine Bewußtwerdung der Massen ist definitiv nicht im Interesse der Reichen und Mächtigen, weil ihre Privilegien darauf fußen, nicht hinterfragbar zu sein.

Möglicherweise ist das eine Erklärung für die Coronapanik: Kriege ließen sich nicht mehr führen. Weder Rußland noch Iran boten sich als Partner für einen Krieg an, und an China traut sich keiner mehr heran. Die Menschen wollen keinen Krieg. Als das Virus kam, ergriffen interessierte Kreise die Gelegenheit. Auf diese Weise konnte man eine Kriegswirtschaft durchsetzen, auch ohne direkt einen Krieg zu führen. Vor einem Virus konnte man immer noch genug Angst machen. Der ausgerufene „Krieg gegen das Virus" ist genau das: *ein Krieg*.

Der unmittelbare Zweck eines Krieges ist es, die Eigentumsverhältnisse neu zu sortieren, das heißt insbesondere, den aufstrebenden Mittelstand zu ruinieren, um seine angeeigneten Ressourcen wieder der obersten Klasse zur Verfügung zu stellen. Das ist das, was im Krieg passiert, und das ist das, was jetzt passiert: Je mehr kleine Händler und Betriebe aufgeben müssen, umso besser ist das für die global agierenden Großkonzerne, die die Firmen aufkaufen können oder ersetzen. Da die Presse auch in der Hand dieser wenigen Großkonzerne ist, können diese die Bevölkerung leicht von der Notwendigkeit derartiger Maßnahmen überzeugen. Kritische Gegenstimmen werden mit allen Mitteln der psychologischen Kriegführung lächerlich gemacht und diffamiert. Nach allem, was wir über die Menschheit wissen, müßte das genügen, um wenigstens die große Mehrheit auf ihre Seite zu ziehen. Wir anderen gelten dann als Rechtsextremisten, militante Impfgegner und Verschwörungstheoretiker, die „kruden" Theorien anhängen.

Insofern haben wir nicht wirklich etwas verloren. Wir stehen nur nach wie vor auf verlorenem Posten und tun das langsame Werk, den Keim des Selbstbewußtseins über die Generationen hinweg zu bewahren und weiterzugeben. Wir haben nur die Möglichkeit verloren, offen zu wirken. Wir haben die Gelegenheiten einer freien Gesellschaft verloren und müssen uns wieder ins Geheime zurückziehen, das ist unser Verlust und der Rückschlag des Imperiums.

Der größte Verlust aber ist der der Kultur. Theateraufführungen und Symphoniekonzerte sind mehr als ein gediegenes Amusement für die Reichen, es ist die Rückversicherung, daß wir in einer Kultur leben, die Großes hervorbringt. Als die Leningrader während der deutschen Belagerung hungern mußten, haben sie die siebte Sinfonie von Schostakowitsch uraufgeführt und so gezeigt, daß noch in der verzweifeltsten Situation der Mensch ein Mensch ist und imstande, über sich hinaus zu denken, Großes zu schaffen und so den Begebenheiten zu trotzen. Der Körper mag untergehen, aber die Seelen bleiben intakt. Das ist der Wert von Kultur, und es gibt nichts, was ihn aufwiegen könnte. Das ist der größte Verlust von allen.

ANHÄNGE

Nachtrag

31. Mai 2021

In den vergangenen Wochen habe ich nicht geschrieben, sondern das Geschriebene durchforstet, gekürzt, Formulierungen geändert, und doch weitgehend den Text erhalten. Es hat keinen Sinn, Tagebuchaufzeichnungen im Nachhinein aufwerten zu wollen. Sie sind ein Dokument dieser Tage.

Natürlich geht die Pandemie munter weiter, jetzt als Impfkampagne. Nach heutigem Stand scheint eine Impfpflicht als solche nicht kommen zu sollen, nur genügend indirekter Zwang. Aber ob es dabei bleibt, wer weiß das schon? Und ob es dann ein Land gibt, in das man fliehen kann, um sich vor der Giftspritze zu retten? Der Impfwelle folgt ja eine Sterbewelle, so sicher wie auf Aussaat die Ernte folgt. Aber wie viele tatsächlich sterben, das weiß niemand zu sagen. Ein paar Ausnahmefälle, mehr nicht, so wird suggeriert, aber ob das stimmt?

Den Geimpften geht es oft nicht gut, viele haben doch erheblich „Federn gelassen", hatten schwere Nebenwirkungen und erholen sich nur langsam. Die Kinder von Friederike, die sie noch zur Impfung gedrängt hatten, wegen des Kontakts mit den Enkeln, wollen nun auch nicht mehr, nachdem sie gesehen hatten, wie es Omi damit geht.

Theoretisch könnte es sogar so sein, daß die Geimpften sterben, wenn sie in Kontakt mit einem veränderten Erreger treten, also in der vermutlichen x-ten Welle ab Oktober, da ihr genetisch verändertes Immunsystem dann die körpereigenen Zellen ebenso angreifen wird wie die Krankheitserreger. Und wenn das der Plan ist, ist es fraglich, ob die verantwortlichen Eliten ihre neue, bevölkerungsreduzierte Welt ausgerechnet mit den Querulanten aufbauen wollen, die sich einer Impfung verweigerten. Die Impfpflicht scheint mir insofern unumgänglich zu sein.

Heute war in einem der Kanäle zu lesen, daß Geimpfte im *Darknet* getrackt werden können. Demnach hätten sie Nanopartikel erhalten, durch die sie überwacht werden können, ihre Wege, ihr Schlafen und Wachen, ihre Aktivitäten. Ob das stimmt, kann ich natürlich nicht beurteilen. Ich kann es mir nur vorstellen.

Die schlimmsten Befürchtungen und Theorien sind auch nur eine Variante der Angst, die sich auf die Bevölkerung gelegt hat. Wer die Krankheit nicht fürchtet, hat Angst vor den politischen Folgen, den wirtschaftlichen Folgen oder der Impfung. Eigentlich macht das keinen Unterschied. Angst ist Angst und Angst macht krank.

Ich hoffe, deutlich gemacht zu haben, daß es einen Weg neben der Angst gibt, einen Weg, die eigene Gesundheit, das eigene Leben zu stärken, einen Weg, mit allen Herausforderungen der Zukunft umzugehen. Dieser Weg ist das *Tao*, oder, um es einfacher zu formulieren, der Weg der Liebe und des Mitgefühls.

So werde ich jetzt diese Aufzeichnungen beschließen, um sie als Buch drucken zu lassen. Ob Furcht oder Hoffnung sich bewahrheiten, wird die Zeit zeigen. Es gibt sehr viele erwachte Menschen, die sich auf die satanischen Spiele der gegenwärtigen Politik nicht einlassen und eine andere, neue Welt vorbereiten. Aber wie es kommt, das vermag keiner zu sagen. Licht und Dunkel werden weiterhin im Kampf um die Seelen der Menschen sein, und Niederlage und Sieg folgen einander wie Sonnenschein und Regen.

Es war für uns bis jetzt eine herrliche Zeit, gerade, weil die Schulen oft geschlossen waren und so der aggressivste gesellschaftliche Druck vorläufig aus unserem Leben verschwand. Aber natürlich hängt ein Damoklesschwert über unseren Köpfen. Die Kunst ist es, sich davon nicht beeindrucken zu lassen, sondern unbeirrt das Leben zu führen, das man zu führen hat. Die Welt ist schön, und Corona und Politik sind nur Nebenaspekte.

Wichtig ist es,
die Übungen zu machen,
den Garten zu bestellen,
zu arbeiten, was man zu arbeiten hat,
menschlich zu sein in allem, was man tut.
Um mehr geht es nicht.

In diesem Sinne bedanke ich mich für Deine Aufmerksamkeit. Bleib wachsam, aber verzweifle nicht. Denke immer daran, Dein Licht leuchten zu lassen. Denn wo das Licht leuchtet, kann die Dunkelheit nicht sein.

Andreas Cotterell

„Leugner" als Geusenwort

Eine Diskussion über den Titel

3. Juni 2021

Götz Wiedenroth, der Zeichner des Titelbildes, erhob folgenden Einwand gegen den Titel:

... 2
Der Begriff „Leugner" ist nach meinem Sprachverständnis anders belegt, als Sie ihn zu verwenden beabsichtigen. Ein Leugner ist jemand, der in der Tiefe seines Herzens genau weiß, daß ein Sachverhalt zutreffend ist, aber diesen nach außen hin wider eigene Einsicht dennoch bestreitet. Wenn Sie der Auffassung sind, daß die Behauptung, es gebe eine Corona-Pandemie, eine Lüge ist, dann ist, nach der Definition, die Voraussetzung für das Leugner-Sein nicht gegeben. Vielmehr sind Sie dann der Gegner oder Bestreiter einer Behauptung, die Sie aus tiefstem Herzen für eine Lüge halten.
Vor diesem Hintergrund ist der in Betracht genommene Titel aus meiner Sicht nicht glücklich, da er den hinterhältigen Sprachgebrauch der Gegenseite unkritisch übernimmt.

3
Aufgrund der vorgenannten zwei Punkte sollte m. E. im Bild dieses Gegensatzpaar erscheinen: Die staatliche Corona-Propaganda versucht, dem Bestreiter das Etikett „Leugner" anzuhängen. (Sie impliziert mit dieser Begriffswahl höchst absichtlich, daß jeder Lebende im Grunde seines Herzens bereits akzeptiert habe, daß die Corona-Pandemie eine unwiderlegbare Tatsache sei. Wer dagegen noch angehe, leugne eben nur ein bißchen herum und verweigere sich kindisch den Tatsachen.) Die aufrichtigen Zweifler und Bestreiter wehren sich gegen ebendiese mit dem Begriff „Leugner" verknüpfte Unterstellung, daß sie im Grunde

ihres Herzens von der Richtigkeit der staatlichen Angaben zu Corona überzeugt seien. Der Begriff „Leugner" selbst gehört auf den Prüfstand und ersetzt durch seinen Begriff, der die wahre Motivation der Bestreiter ausdrückt. Wie wäre es mit „Lügenbekämpfer"?

Ein drastisches Bild wäre, daß im Vordergrund des Bildes, im Anschnitt, eine silhouettenhafte Figur gezeigt wird, die einen glühenden Brandstempel LEUGNER in der Hand trägt und auf eine weitere Person zugeht, die im Mittelgrund steht. Diese Person öffnet seine Jacke und zeigt ein T-Shirt, auf dem LÜGENBEKÄMPFER (oder ein anderes passendes Wort) steht. Sie sagt zu dem Brandstempel-Träger: „Laß stecken! Ich habe schon ein Motto!" Der LÜGENBEKÄMPFER könnte als symbolisches Werkzeug eine Spraydose oder ein anderes Sprühgerät tragen, auf dem LÜGEN-EX steht.

Wenn Sie aus künstlerischen oder welchen Gründen immer den Begriff LEUGNER dennoch verwenden wollen, könnte auf dem vorgenannten T-Shirt auch LEUGNER stehen. Die Person mit der Jacke könnte dann sagen: „Nicht nötig!".

Ich antwortete wie folgt:

Sehr geehrter Herr Wiedenroth! Vielen Dank erstmal für die naheliegende Kritik am Leugnerbegriff. Ich kann sie nicht widerlegen. Den Begriff zu verwenden kann nur ein „trotzdem" sein. Es geht darum, zu widerlegen, daß man ja eigentlich nur gegen die Auswüchse der Maßnahmen sei, das stete Eingeständnis „ja, es gibt eine schlimme Krankheit, aber…" zu ersetzen durch die selbstbewußte Behauptung, daß die Krankheit überhaupt keine Rolle spielt. Es gibt sie nicht, nicht so, und alles, was mit ihr in Zusammenhang steht, ist erstunken und erlogen. Ich bin nicht nur ein Maßnahmengegner aus den und den Gründen, ich leugne das ganze Konstrukt. Leugnen nicht wider besserer Überzeugung, sondern aus Überzeugung. Sprachlich genauer wäre in der Tat „Zweifler" oder „Abstreiter", es ist aber das gegebene Framing, das ich nur dann ablehnen müßte, wenn ich tatsächlich einsähe, daß bestimmte

Sachverhalte nicht zu leugnen wären. Der Vorwurf, der mir mit dem Begriff "Coronaleugner" gemacht wird, ist ja der, ich würde die Krankheit ignorieren, und in der Tat, das tue ich, denn die Krankheit ist nichts, die Gesundheit alles.

Wie dem auch sei, Sie müssen sich mit dem Titel auch wohlfühlen und identifizieren können. Der unverfänglichere Arbeitstitel ist DAS CORONATAGEBUCH, *und es geht um meine tägliche Auseinandersetzung mit einerseits den politischen Aspekten, andererseits der Frage, wie gehe ich selber damit um, was heißt das für mein Leben, in dem ich mich in QiGong-Übungen und Meditationen vertiefe und die ruhige Zeit genieße, die für uns als Familie auch ein wahrer Segen war. Dabei bleibe ich sehr privat, ohne den Anspruch, politisch zu wirken, nur dem, das (zukünftig vergangene) Denken dieser Zeit zu dokumentieren. Insofern ist ein aktionistisches Bild zwar möglich, wäre aber ein Kontrapunkt zum Text.*

Das Bild ist nicht unabhängig vom Titel. Bei ICH LEUGNE, ALSO BIN ICH *fände ich das Bild eines archetypischen Menschen passend. Etwa, wie man sich Descartes denken würde, wenn er denkt, also ist. Ich selber bezeichne mich übrigens auch schon mal als "Neandertaler" (derneandertaler.de), der mit seinem alten Denken staunend auf die neue Menschheit guckt.*

Antwort von Herrn Wiedenroth:

Was die Wahl des Buchtitels betrifft, so gilt selbstverständlich das Primat der künstlerischen Entscheidung. Ich wollte Sie mit meinen Anmerkungen mit allem Verlaub auf einen Aspekt hingewiesen haben, der womöglich Ihrer Aufmerksamkeit bei der Entscheidungsfindung entgangen war. Aber wie ich sehe, ist das nicht der Fall.

Glossar

QiGong oder *Qi Gong:*
Wörtlich etwa: Die Arbeit *(Gong)* an den Körperenergien *(Qi)*. Es handelt sich um Systeme der Körperbewegung zur Gesunderhaltung von Körper, Seele und Geist. *Qi Gong* wird in China seit über zwei Jahrtausenden praktiziert. Es gibt viele verschiedene Schulen, Formen und Übungen mit jeweils eigenen Schwerpunkten.

In diesem Buch werden zwei Übungssysteme angesprochen, das *Baduan Jin* (eigentlich: *Ba Duan Jin*), und das *Yi Jin* (eigentlich: *Yi Jin Jing*).

An dieser Stelle Skizzen oder Anleitungen der Übungen vorzustellen, würde zu weit führen, und die Übungen sind auch schriftlich schwer vermittelbar. Wenn Du Dich für diese Dinge interessierst, empfehle ich folgendes: Am besten wäre es, Du findest einen Lehrer, zu dem Du regelmäßig gehen kannst. Dabei ist es nicht so wichtig, einen Lehrer zu finden, der das unterrichtet, was Du lernen willst, sondern es geht darum, einen Lehrer zu finden, der Dir etwas zu sagen hat. Das ist bestimmt nicht leicht, aber wenn Du dran bleibst, wirst Du mit der Zeit auf den richtigen Lehrer treffen. Bis dahin kannst Du nach Online-Videos üben. Das *Baduan Jin*, wie es auf der Seite *www.shihengyi.online* zu sehen ist, läßt sich auch ohne Vorkenntnisse einfach nachmachen und anwenden. Die Übungen sind sinnfällig, klar strukturiert und einfach zu memorieren. Das *Yi Jin* ist ebenfalls auf dieser Seite zu finden.

Ich selber habe *QiGong* bei Meister Ralf Hofmann am *Tao*-Institut in Neubrandenburg kennengelernt. Ich habe ihm viel zu verdanken.

Die *kua*-Hocke (oder *kwa*-Hocke) ist Teil der inneren Arbeit des *QiGong*. Hier geht es um eine schon sehr subtile Wahrnehmung, die dem Ungeübten nicht zur Verfügung steht. Ich empfehle hier die *TaiChi QiGong Schule* in Neu-Ulm von Ralph Heber. Ertragreich sind auch die Bücher von Bruce Francis, von denen Du mit der *Tao Meditation* anfangen könntest.

Meditation ist etwas, das keiner besonderen Anleitung bedarf. Du setzt Dich in aufrechter Haltung zwanzig Minuten hin. Mehr ist es nicht. In den ersten Jahren geht es sowieso um nichts anderes, als den rasenden Gedankenstrom zunehmend zu kontrollieren und durch eine bewußte Atmung zu ersetzen. Denke daran, immer mit dem Bauch zu atmen und die Brust zu entspannen.

Hara: Die energetische Mitte des Menschen, auch *Dantien* oder *unteres Dantien*. Darüber hinaus die Vorstellung, daß der Mittelpunkt eines authentischen Seins aus dem Bauch heraus kommt. Ein Mensch, der sich auf sein *Hara* verlassen kann, der also ein gutes Bauchgefühl hat, ist in jeder Situation in der Lage, angemessen zu agieren. Er ist gemütvoll, gutmütig und selbstbewußt und wird sich nicht durch Unachtsamkeit oder Wankelmütigkeit in schwierige Positionen bringen.

Eine gute Beschreibung des Haras und seiner Funktionen findet sich in dem Buch von Graf Dürckheim: *Hara. Die energetische Mitte des Menschen*.

Hara-Meditation: Wir haben in diesen Wochen oft die angeleitete Meditation von der empfehlenswerten CD *Anando Würzburger: Die Hara Meditation* geübt.

Mae: Begriff aus dem *Tai Chi*. Der Raum der eigenen Person, etwa eine Armlänge. Auch der Aurabereich eines Menschen. In der Kampfkunst beginnt mit dem Eindringen in das *Mae* des Gegners der Angriff.

Pastime: Würde man im Deutschen am ehesten mit „Freizeit" übersetzen, oder auch „Zeitvertreib". Ich mag den englischen Begriff, weil in ihm so etwas wie die „Kunst des Müßigganges" anklingt. *Pastime* meint, im Gegensatz zu *Freizeit*, nicht so sehr die Abwesenheit von Verpflichtungen, sondern eher die Gelegenheit zu Tätigkeiten, die keinem praktischen Zweck dienen. Im Gegensatz zum „Zeitvertreib" wertet *pastime* diese Tätigkeiten nicht ab.

Zu meiner Person:

1972 in Hamburg geboren, lebe ich seit 2006 mit meiner Frau Antje und meinen Kindern Ferdinand und Jonathan im Penzliner Land in Mecklenburg. Ich arbeite vor allem als Klavier- und Theaterlehrer. Meine Frau ist Lehrerin für *QiGong* und macht Akupressurmassagen. Zusammen betreiben wir die *Cotterell Healing Arts* in unserem Dojo in Passentin. Ferdinand und Jonas gehen zur Schule nach Neubrandenburg. Alle anderen Personen aus meinem privaten Umfeld habe ich umbenannt.

Ich hatte Anfang 2020 damit begonnen, eine tägliche Seite, praktisch als Form der Meditationsübung, zu schreiben. Geschichten von Neandertalern und Spekulationen über den Anfang der Welt und die Menschwerdung waren meine ersten Themen (zu lesen auf *derneandertaler.de*). Neandertaler deshalb, weil nicht nur die Rätsel der Prähistorie mich sehr beschäftigen, sondern auch weil mein Ideal eines analogen und naturverbundenen Lebens in der heutigen Zeit ähnlich anachronistisch ist, wie es der Neandertaler war, als der Sapiens kam. Ich fühle mich also in der modernen Welt ein wenig wie ein Neandertaler, der staunend zusieht, wie eine neue Menschheit den Planeten in Besitz nimmt.